Vita dei campi

Novelle

Giovanni Verga

Giovanni Verga

***

Mauro Liistro Editore
© 2018 Some Rights Reserved

***

ISBN: 9781720767367

Sommario

FANTASTICHERIA

Una volta, mentre il treno passava vicino ad Aci-Trezza, voi, affacciandovi allo sportello del vagone, esclamaste: - Vorrei starci un mese laggiù! -

Noi vi ritornammo, e vi passammo non un mese, ma quarantott'ore; i terrazzani che spalancavano gli occhi vedendo i vostri grossi bauli avranno creduto che ci sareste rimasta un par d'anni. La mattina del terzo giorno, stanca di vedere eternamente del verde e dell'azzurro, e di contare i carri che passavano per via, eravate alla stazione, e gingillandovi impaziente colla catenella della vostra boccettina da odore, allungavate il collo per scorgere un convoglio che non spuntava mai. In quelle quarantott'ore facemmo tutto ciò che si può fare ad Aci-Trezza: passeggiammo nella polvere della strada, e ci arrampicammo sugli scogli; col pretesto di imparare a remare vi faceste sotto il guanto delle bollicine che rubavano i baci; passammo sul mare una notte romanticissima, gettando le reti tanto per far qualche cosa che a' barcaiuoli potesse parer meritevole di buscarsi dei reumatismi, e l'alba ci sorprese in cima al fariglione - un'alba modesta e pallida, che ho ancora dinanzi agli occhi, striata di larghi riflessi violetti, sul mare di un verde cupo, raccolta come una carezza su quel gruppetto di casucce che dormivano quasi raggomitolate sulla riva, mentre in cima allo scoglio, sul cielo trasparente e limpido, si stampava netta la vostra figurina, colle linee sapienti che vi metteva la vostra sarta, e il profilo fine ed elegante che ci mettevate voi. - Avevate un vestitino grigio che sembrava fatto apposta per intonare coi colori dell'alba. - Un bel quadretto davvero! e si indovinava che lo sapeste anche voi, dal modo in cui vi modellaste nel vostro scialletto, e sorrideste coi grandi occhioni sbarrati e stanchi a quello strano spettacolo, e a quell'altra stranezza di trovarvici anche voi presente. Che cosa avveniva nella vostra testolina allora, di faccia al sole nascente? Gli domandaste forse in qual altro emisfero vi avrebbe ritrovata fra un mese? Diceste soltanto ingenuamente: - Non capisco come si possa vivere qui tutta la vita -.

Eppure, vedete, la cosa è più facile che non sembri: basta non possedere centomila lire di entrata, prima di tutto; e in compenso patire un po' di tutti gli stenti fra quegli scogli giganteschi, incastonati nell'azzurro, che vi facevano batter le mani per ammirazione. Così poco basta, perché quei poveri diavoli che ci aspettavano sonnecchiando nella barca, trovino fra quelle loro casipole sgangherate e pittoresche, che viste da lontano vi sembravano avessero il mal di mare anch'esse, tutto ciò che vi affannate a cercare a Parigi, a Nizza ed a Napoli.

È una cosa singolare; ma forse non è male che sia così - per voi, e per tutti gli altri come voi. Quel mucchio di casipole è abitato da pescatori, "gente di mare", dicono essi, come altri direbbe "gente di toga", i quali hanno la pelle più dura del pane che mangiano - quando ne mangiano - giacché il mare non è sempre gentile, come allora che baciava i vostri guanti... Nelle sue giornate nere, in cui brontola e sbuffa, bisogna contentarsi di stare a guardarlo dalla riva, colle mani in mano, o sdraiati bocconi, il che è meglio per chi non ha desinato. In quei giorni c'è folla sull'uscio dell'osteria, ma suonano pochi soldoni sulla latta del banco, e i monelli che pullulano nel paese, come se la miseria fosse un buon ingrasso, strillano e si graffiano quasi abbiano il diavolo in corpo.

Giovanni Verga

persistence of the poor (handwritten)

Di tanto in tanto il tifo, il colèra, la malannata, la burrasca, vengono a dare una buona spazzata in quel brulicame, che davvero si crederebbe non dovesse desiderar di meglio che esser spazzato, e scomparire; eppure ripullula sempre nello stesso luogo; non so dirvi come, né perché.

Vi siete mai trovata, dopo una pioggia di autunno, a sbaragliare un esercito di formiche, tracciando sbadatamente il nome del vostro ultimo ballerino sulla sabbia del viale? Qualcuna di quelle povere bestioline sarà rimasta attaccata alla ghiera del vostro ombrellino, torcendosi di spasimo; ma tutte le altre, dopo cinque minuti di pànico e di viavai, saranno tornate ad aggrapparsi disperatamente al loro monticello bruno. - Voi non ci tornereste davvero, e nemmen io; - ma per poter comprendere siffatta caparbietà, che è per certi aspetti eroica, bisogna farci piccini anche noi, chiudere tutto l'orizzonte fra due zolle, e guardare col microscopio le piccole cause che fanno battere i piccoli cuori. Volete metterci un occhio anche voi, a cotesta lente? voi che guardate la vita dall'altro lato del cannocchiale? Lo spettacolo vi parrà strano, e perciò forse vi divertirà.

I need for "examining" life (handwritten, left margin)

Noi siamo stati amicissimi, ve ne rammentate? e mi avete chiesto di dedicarvi qualche pagina. Perché? à quoi bon? come dite voi. Che cosa potrà valere quel che scrivo per chi vi conosce? e per chi non vi conosce che cosa siete voi? Tant'è, mi son rammentato del vostro capriccio, un giorno che ho rivisto quella povera donna cui solevate far l'elemosina col pretesto di comperar le sue arance messe in fila sul panchettino dinanzi all'uscio. → *the Malavoglia* (handwritten)

Ora il panchettino non c'è più; hanno tagliato il nespolo del cortile, e la casa ha una finestra nuova. La donna sola non aveva mutato, stava un po' più in là a stender la mano ai carrettieri, accoccolata sul mucchietto di sassi che barricano il vecchio Posto della guardia nazionale; ed io, girellando, col sigaro in bocca, ho pensato che anche lei, così povera com'è, vi aveva vista passare, bianca e superba.

Non andate in collera se mi son rammentato di voi in tal modo, e a questo proposito. Oltre i lieti ricordi che mi avete lasciati, ne ho cento altri, vaghi, confusi, disparati, raccolti qua e là, non so più dove - forse alcuni son ricordi di sogni fatti ad occhi aperti - e nel guazzabuglio che facevano nella mia mente, mentre io passava per quella viuzza dove son passate tante cose liete e dolorose, la mantellina di quella donnicciola freddolosa, accoccolata, poneva un non so che di triste, e mi faceva pensare a voi, sazia di tutto, perfino dell'adulazione che getta ai vostri piedi il giornale di moda, citandovi spesso in capo alla cronaca elegante - sazia così, da inventare il capriccio di vedere il vostro nome sulle pagine di un libro.

Quando scriverò il libro, forse non ci penserete più; intanto i ricordi che vi mando, così lontani da voi, in ogni senso, da voi inebbriata di feste e di fiori, vi faranno l'effetto di una brezza deliziosa, in mezzo alle veglie ardenti del vostro eterno carnevale. Il giorno in cui ritornerete laggiù, se pur vi ritornerete, e siederemo accanto un'altra volta, a spinger sassi col piede, e fantasie col pensiero, parleremo forse di quelle altre ebbrezze che ha la vita altrove. Potete anche immaginare che il mio pensiero siasi raccolto in quel cantuccio ignorato del mondo, perché il vostro piede vi si è posato, - o per distogliere i miei occhi dal luccichìo che vi segue dappertutto, sia di gemme o di febbri - oppure perché vi ho cercata inutilmente per tutti i luoghi che la moda fa lieti. Vedete quindi che siete sempre al primo posto, qui come al teatro!

Vi ricordate anche di quel vecchietto che stava al timone della nostra barca? Voi gli dovete questo tributo di riconoscenza, perché egli vi ha impedito dieci volte di bagnarvi le vostre belle calze azzurre. Ora è morto laggiù, all'ospedale della città, il povero diavolo, in una gran corsìa tutta bianca, fra dei lenzuoli bianchi, masticando del pane bianco, servito dalle bianche mani delle suore di carità, le quali non avevano altro difetto che di non saper capire i meschini guai che il poveretto biascicava nel suo dialetto semibarbaro.

Ma se avesse potuto desiderare qualche cosa, egli avrebbe voluto morire in quel cantuccio nero, vicino al focolare, dove tanti anni era stata la sua cuccia "sotto le sue tegole", tanto che quando lo portarono via piangeva, guaiolando come fanno i vecchi.

Egli era vissuto sempre fra quei quattro sassi, e di faccia a quel mare bello e traditore, col quale dové lottare ogni giorno per trarre da esso tanto da campare la vita e non lasciargli le ossa; eppure in quei momenti in cui si godeva cheto cheto la sua "occhiata di sole" accoccolato sulla pedagna della barca, coi ginocchi fra le braccia, non avrebbe voltato la testa per vedervi, ed avreste cercato invano in quelli occhi attoniti il riflesso più superbo della vostra bellezza; come quando tante fronti altere s'inchinano a farvi ala nei saloni splendenti, e vi specchiate negli occhi invidiosi delle vostre migliori amiche. La vita è ricca, come vedete, nella sua inesauribile varietà; e voi potete godervi senza scrupoli quella parte di ricchezza che è toccata a voi, a modo vostro.

Quella ragazza, per esempio, che faceva capolino dietro i vasi di basilico, quando il fruscìo della vostra veste metteva in rivoluzione la viuzza, se vedeva un altro viso notissimo alla finestra di faccia, sorrideva come se fosse stata vestita di seta anch'essa. Chi sa quali povere gioie sognava su quel davanzale, dietro quel basilico odoroso, cogli occhi intenti in quell'altra casa coronata di tralci di vite? E il riso dei suoi occhi

8

reference to Mena

non sarebbe andato a finire in lagrime amare, là, nella città grande, lontana dai sassi che l'avevano vista nascere e la conoscevano, se il suo nonno non fosse morto all'ospedale, e suo padre non si fosse annegato, e tutta la sua famiglia non *harm* fosse stata dispersa da un colpo di vento che vi aveva soffiato *come* sopra - un colpo di vento funesto, che avea trasportato uno dei *in the* suoi fratelli fin nelle carceri di Pantelleria - "nei guai!" come *big* dicono laggiù. *city*

Miglior sorte toccò a quelli che morirono; a Lissa l'uno, il più grande, quello che vi sembrava un David di rame, ritto colla sua fiocina in pugno, e illuminato bruscamente dalla fiamma dell'ellera. Grande e grosso com'era, si faceva di brace anch'esso quando gli fissaste in volto i vostri occhi arditi; nondimeno è morto da buon marinaio, sulla verga di trinchetto, fermo al sartiame, levando in alto il berretto, e salutando un'ultima volta la bandiera col suo maschio e selvaggio grido d'isolano; l'altro, quell'uomo che sull'isolotto non osava toccarvi il piede per liberarlo dal lacciuolo teso ai conigli, nel quale v'eravate impigliata da stordita che siete, si perdé in una fosca notte d'inverno, solo, fra i cavalloni scatenati, quando fra la barca e il lido, dove stavano ad aspettarlo i suoi, andando di qua e di là come pazzi, c'erano sessanta miglia di tenebre e di tempesta. Voi non avreste potuto immaginare di qual disperato e tetro coraggio fosse capace per lottare contro tal morte quell'uomo che lasciavasi intimidire dal capolavoro del vostro calzolaio.

↳ *Bastianazzo* → *valiant death*

Meglio per loro che son morti, e non "mangiano il pane del re", come quel poveretto che è rimasto a Pantelleria, o quell'altro pane che mangia la sorella, e non vanno attorno come la donna delle arance, a viver della grazia di Dio - una grazia assai magra ad Aci-Trezza. ↳ *disparity*

→ *anti-reunification*

Quelli almeno non hanno più bisogno di nulla! lo disse anche il ragazzo dell'ostessa, l'ultima volta che andò all'ospedale per chieder del vecchio e portargli di nascosto di quelle chiocciole stufate che son così buone a succiare per chi non ha più denti, e trovò il letto vuoto, colle coperte belle e distese, sicché sgattaiolando nella corte, andò a piantarsi dinanzi a una porta tutta brandelli di cartacce, sbirciando dal buco della chiave una gran sala vuota, sonora e fredda anche di estate, e l'estremità di una lunga tavola di marmo, su cui era buttato un lenzuolo, greve e rigido. E pensando che quelli là almeno non avevano più bisogno di nulla, si mise a succiare ad una ad una le chiocciole che non servivano più, per passare il tempo.

Voi, stringendovi al petto il manicotto di volpe azzurra, vi rammenterete con piacere che gli avete dato cento lire, al povero vecchio.

Ora rimangono quei monellucci che vi scortavano come sciacalli e assediavano le arance; rimangono a ronzare attorno alla mendica, e brancicarle le vesti come se ci avesse sotto del pane, a raccattar torsi di cavolo, bucce d'arance e mozziconi di sigari, tutte quelle cose che si lasciano cadere per via, ma che pure devono avere ancora qualche valore, poiché c'è della povera gente che ci campa su; ci campa anzi così bene, che quei pezzentelli paffuti e affamati cresceranno in mezzo al fango e alla polvere della strada, e si faranno grandi e grossi come il loro babbo e come il loro nonno, e popoleranno Aci-Trezza di altri pezzentelli, i quali tireranno allegramente la vita coi denti più a lungo che potranno, come il vecchio nonno, senza desiderare altro, solo pregando Iddio di chiudere gli occhi là dove li hanno aperti, in mano del medico del paese che viene tutti i giorni sull'asinello, come Gesù, ad aiutare la buona gente che se ne va.

→ they should not want change

- Insomma l'ideale dell'ostrica! - direte voi. - Proprio l'ideale dell'ostrica! e noi non abbiamo altro motivo di trovarlo ridicolo, che quello di non esser nati ostriche anche noi -.

Per altro il tenace attaccamento di quella povera gente allo scoglio sul quale la fortuna li ha lasciati cadere, mentre seminava principi di qua e duchesse di là, questa rassegnazione coraggiosa ad una vita di stenti, questa religione della famiglia, che si riverbera sul mestiere, sulla casa, e sui sassi che la circondano, mi sembrano - forse pel quarto d'ora - cose serissime e rispettabilissime anch'esse.

Sembrami che le irrequietudini del pensiero vagabondo s'addormenterebbero dolcemente nella pace serena di quei sentimenti miti, semplici, che si succedono calmi e inalterati di generazione in generazione. - Sembrami che potrei vedervi passare, al gran trotto dei vostri cavalli, col tintinnìo allegro dei loro finimenti e salutarvi tranquillamente.

Forse perché ho troppo cercato di scorgere entro al turbine che vi circonda e vi segue, mi è parso ora di leggere una fatale necessità nelle tenaci affezioni dei deboli, nell'istinto che hanno i piccoli di stringersi fra loro per resistere alle tempeste della vita, e ho cercato di decifrare il dramma modesto e ignoto che deve aver sgominati gli attori plebei che conoscemmo insieme. Un dramma che qualche volta forse vi racconterò, e di cui parmi tutto il nodo debba consistere in ciò: - che allorquando uno di quei piccoli, o più debole, o più incauto, o più egoista degli altri, volle staccarsi dai suoi per vaghezza dell'ignoto, o per brama di meglio, o per curiosità di conoscere il mondo; il mondo, da pesce vorace ch'egli è, se lo ingoiò, e i suoi più prossimi con lui. - E sotto questo aspetto vedrete che il dramma non manca d'interesse. Per le ostriche l'argomento più interessante deve esser quello che tratta delle insidie del gambero, o del coltello del palombaro che le stacca dallo scoglio.

[handwritten note: most interesting part is the tension vs change and stability]

CAVALLERIA RUSTICANA

Turiddu Macca, il figlio della gnà Nunzia, come tornò da fare il soldato, ogni domenica si pavoneggiava in piazza coll'uniforme da bersagliere e il berretto rosso, che sembrava quella della buona ventura, quando mette su banco colla gabbia dei canarini. Le ragazze se lo rubavano cogli occhi, mentre andavano a messa col naso dentro la mantellina, e i monelli gli ronzavano attorno come le mosche. Egli aveva portato anche una pipa col re a cavallo che pareva vivo, e accendeva gli zolfanelli sul dietro dei calzoni, levando la gamba, come se desse una pedata.

Ma con tutto ciò Lola di massaro Angelo non si era fatta vedere né alla messa, né sul ballatoio, ché si era fatta sposa con uno di Licodia, il quale faceva il carrettiere e aveva quattro muli di Sortino in stalla. Dapprima Turiddu come lo seppe, santo diavolone! voleva trargli fuori le budella della pancia, voleva trargli, a quel di Licodia! Però non ne fece nulla, e si sfogò coll'andare a cantare tutte le canzoni di sdegno che sapeva sotto la finestra della bella.

- Che non ha nulla da fare Turiddu della gnà Nunzia, - dicevano i vicini, - che passa la notte a cantare come una passera solitaria?

Finalmente s'imbatté in Lola che tornava dal viaggio alla Madonna del Pericolo, e al vederlo, non si fece né bianca né rossa quasi non fosse stato fatto suo.

- Beato chi vi vede! - le disse.

- Oh, compare Turiddu, me l'avevano detto che siete tornato al primo del mese.

- A me mi hanno detto delle altre cose ancora! - rispose lui. - Che è vero che vi maritate con compare Alfio, il carrettiere?

- Se c'è la volontà di Dio! - rispose Lola tirandosi sul mento le due cocche del fazzoletto.

- La volontà di Dio la fate col tira e molla come vi torna conto! E la volontà di Dio fu che dovevo tornare da tanto lontano per trovare ste belle notizie, gnà Lola! -

Il poveraccio tentava di fare ancora il bravo, ma la voce gli si era fatta roca; ed egli andava dietro alla ragazza dondolandosi colla nappa del berretto che gli ballava di qua e di là sulle spalle. A lei, in coscienza, rincresceva di vederlo così col viso lungo, però non aveva cuore di lusingarlo con belle parole.

- Sentite, compare Turiddu, - gli disse alfine, - lasciatemi raggiungere le mie compagne. Che direbbero in paese se mi vedessero con voi?...

- È giusto, - rispose Turiddu; - ora che sposate compare Alfio, che ci ha quattro muli in stalla, non bisogna farla chiacchierare la gente. Mia madre invece, poveretta, la dovette vendere la nostra mula baia, e quel pezzetto di vigna sullo stradone, nel tempo ch'ero soldato. Passò quel tempo che Berta filava, e voi non ci pensate più al tempo in cui ci parlavamo dalla finestra sul cortile, e mi regalaste quel fazzoletto, prima d'andarmene, che Dio sa quante lacrime ci ho pianto dentro nell'andar via lontano tanto che si perdeva persino il nome del nostro paese. Ora addio, gnà Lola, facemu cuntu ca chioppi e scampau, e la nostra amicizia finiu -.

La gnà Lola si maritò col carrettiere; e la domenica si metteva sul ballatoio, colle mani sul ventre per far vedere tutti i grossi anelli d'oro che le aveva regalati suo marito. Turiddu seguitava a passare e ripassare per la stradicciuola, colla pipa in bocca e le mani in tasca, in aria d'indifferenza, e occhieggiando le ragazze; ma dentro ci si rodeva che il marito di Lola avesse tutto quell'oro, e che ella fingesse di non accorgersi di lui quando passava.

- Voglio fargliela proprio sotto gli occhi a quella cagnaccia! - borbottava.

Di faccia a compare Alfio ci stava massaro Cola, il vignaiuolo, il quale era ricco come un maiale, dicevano, e aveva una figliuola in casa. Turiddu tanto disse e tanto fece che entrò camparo da massaro Cola, e cominciò a bazzicare per la casa e a dire le paroline dolci alla ragazza.

- Perché non andate a dirle alla gnà Lola ste belle cose? - rispondeva Santa.

- La gnà Lola è una signorona! La gnà Lola ha sposato un re di corona, ora!

- Io non me li merito i re di corona.

- Voi ne valete cento delle Lole, e conosco uno che non guarderebbe la gnà Lola, né il suo santo, quando ci siete voi, ché la gnà Lola, non è degna di portarvi le scarpe, non è degna.

- La volpe quando all'uva non poté arrivare...

- Disse: come sei bella, racinedda mia!

- Ohè! quelle mani, compare Turiddu.

- Avete paura che vi mangi?

- Paura non ho né di voi, né del vostro Dio.

- Eh! vostra madre era di Licodia, lo sappiamo! Avete il sangue rissoso! Uh! che vi mangerei cogli occhi.

- Mangiatemi pure cogli occhi, che briciole non ne faremo; ma intanto tiratemi su quel fascio.

- Per voi tirerei su tutta la casa, tirerei!

Ella, per non farsi rossa, gli tirò un ceppo che aveva sottomano, e non lo colse per miracolo.

- Spicciamoci, che le chiacchiere non ne affastellano sarmenti.

- Se fossi ricco, vorrei cercarmi una moglie come voi, gnà Santa.

- Io non sposerò un re di corona come la gnà Lola, ma la mia dote ce l'ho anch'io, quando il Signore mi manderà qualcheduno.

- Lo sappiamo che siete ricca, lo sappiamo!

- Se lo sapete allora spicciatevi, ché il babbo sta per venire, e non vorrei farmi trovare nel cortile -.

Il babbo cominciava a torcere il muso, ma la ragazza fingeva di non accorgersi, poiché la nappa del berretto del bersagliere gli aveva fatto il solletico dentro il cuore, e le ballava sempre dinanzi gli occhi. Come il babbo mise Turiddu fuori dell'uscio, la figliuola gli aprì la finestra, e stava a chiacchierare con lui ogni sera, che tutto il vicinato non parlava d'altro.

- Per te impazzisco, - diceva Turiddu, - e perdo il sonno e l'appetito.

- Chiacchiere.

- Vorrei essere il figlio di Vittorio Emanuele per sposarti!

- Chiacchiere.

- Per la Madonna che ti mangerei come il pane!

- Chiacchiere!

- Ah! sull'onor mio!

- Ah! mamma mia! -

Lola che ascoltava ogni sera, nascosta dietro il vaso di basilisco, e si faceva pallida e rossa, un giorno chiamò Turiddu.

- E così, compare Turiddu, gli amici vecchi non si salutano più?

- Ma! - sospirò il giovinotto, - beato chi può salutarvi!

- Se avete intenzione di salutarmi, lo sapete dove sto di casa! - rispose Lola.

Turiddu tornò a salutarla così spesso che Santa se ne avvide, e gli batté la finestra sul muso. I vicini se lo mostravano con un sorriso, o con un moto del capo, quando passava il bersagliere. Il marito di Lola era in giro per le fiere con le sue mule.

- Domenica voglio andare a confessarmi, ché stanotte ho sognato dell'uva nera! - disse Lola.

- Lascia stare! lascia stare! - supplicava Turiddu.

- No, ora che s'avvicina la Pasqua, mio marito lo vorrebbe sapere il perché non sono andata a confessarmi.

- Ah! - mormorava Santa di massaro Cola, aspettando ginocchioni il suo turno dinanzi al confessionario dove Lola stava facendo il bucato dei suoi peccati. - Sull'anima mia non voglio mandarti a Roma per la penitenza! -

Compare Alfio tornò colle sue mule, carico di soldoni, e portò in regalo alla moglie una bella veste nuova per le feste.

- Avete ragione di portarle dei regali, - gli disse la vicina Santa, - perché mentre voi siete via vostra moglie vi adorna la casa! -

Compare Alfio era di quei carrettieri che portano il berretto sull'orecchio, e a sentir parlare in tal modo di sua moglie cambiò di colore come se l'avessero accoltellato. - Santo diavolone! - esclamò, - se non avete visto bene, non vi lascierò gli occhi per piangere! a voi e a tutto il vostro parentado!

- Non son usa a piangere! - rispose Santa, - non ho pianto nemmeno quando ho visto con questi occhi Turiddu della gnà Nunzia entrare di notte in casa di vostra moglie.

- Va bene, - rispose compare Alfio, - grazie tante -.

Turiddu, adesso che era tornato il gatto, non bazzicava più di giorno per la stradicciuola, e smaltiva l'uggia all'osteria, cogli amici. La vigilia di Pasqua avevano sul desco un piatto di salsiccia. Come entrò compare Alfio, soltanto dal modo in cui gli piantò gli occhi addosso, Turiddu comprese che era venuto per quell'affare e posò la forchetta sul piatto.

- Avete comandi da darmi, compare Alfio? - gli disse.

- Nessuna preghiera, compare Turiddu, era un pezzo che non vi vedevo, e voleva parlarvi di quella cosa che sapete voi -.

Turiddu da prima gli aveva presentato un bicchiere, ma compare Alfio lo scansò colla mano. Allora Turiddu si alzò e gli disse:

- Son qui, compar Alfio -.

Il carrettiere gli buttò le braccia al collo.

- Se domattina volete venire nei fichidindia della Canziria potremo parlare di quell'affare, compare.

- Aspettatemi sullo stradone allo spuntar del sole, e ci andremo insieme -.

Con queste parole si scambiarono il bacio della sfida. Turiddu strinse fra i denti l'orecchio del carrettiere, e così gli fece promessa solenne di non mancare.

Gli amici avevano lasciato la salsiccia zitti zitti, e accompagnarono Turiddu sino a casa. La gnà Nunzia, poveretta, l'aspettava sin tardi ogni sera.

- Mamma, - le disse Turiddu, - vi rammentate quando sono andato soldato, che credevate non avessi a tornar più? Datemi un bel bacio come allora, perché domattina andrò lontano -.

Prima di giorno si prese il suo coltello a molla, che aveva nascosto sotto il fieno, quando era andato coscritto, e si mise in cammino pei fichidindia della Canziria.

- Oh! Gesummaria! dove andate con quella furia? - piagnucolava Lola sgomenta, mentre suo marito stava per uscire.

- Vado qui vicino, - rispose compar Alfio, - ma per te sarebbe meglio che io non tornassi più -.

Lola, in camicia, pregava ai piedi del letto, premendosi sulle labbra il rosario che le aveva portato fra Bernardino dai Luoghi Santi, e recitava tutte le avemarie che potevano capirvi.

- Compare Alfio, - cominciò Turiddu dopo che ebbe fatto un pezzo di strada accanto al suo compagno, il quale stava zitto, e col berretto sugli occhi, - come è vero Iddio so che ho torto e mi lascierei ammazzare. Ma prima di venir qui ho visto la mia vecchia che si era alzata per vedermi partire, col pretesto di governare il pollaio, quasi il cuore le parlasse, e quant'è vero Iddio vi ammazzerò come un cane per non far piangere la mia vecchierella.

- Così va bene, - rispose compare Alfio, spogliandosi del farsetto, - e picchieremo sodo tutt'e due -.

Entrambi erano bravi tiratori; Turiddu toccò la prima botta, e fu a tempo a prenderla nel braccio; come la rese, la rese buona, e tirò all'anguinaia

- Ah! compare Turiddu! avete proprio intenzione di ammazzarmi!

- Sì, ve l'ho detto; ora che ho visto la mia vecchia nel pollaio, mi pare di averla sempre dinanzi agli occhi.

- Apriteli bene, gli occhi! - gli gridò compar Alfio, - che sto per rendervi la buona misura -.

Come egli stava in guardia tutto raccolto per tenersi la sinistra sulla ferita, che gli doleva, e quasi strisciava per terra col gomito, acchiappò rapidamente una manata di polvere e la gettò negli occhi all'avversario.

- Ah! - urlò Turiddu accecato, - son morto -.

Ei cercava di salvarsi, facendo salti disperati all'indietro; ma compar Alfio lo raggiunse con un'altra botta nello stomaco e una terza alla gola.

- E tre! questa è per la casa che tu m'hai adornato. Ora tua madre lascerà stare le galline -.

Turiddu annaspò un pezzo di qua e di là tra i fichidindia e poi cadde come un masso. Il sangue gli gorgogliava spumeggiando nella gola e non poté profferire nemmeno: - Ah, mamma mia! -

LA LUPA

Era alta, magra, aveva soltanto un seno fermo e vigoroso da bruna - e pure non era più giovane - era pallida come se avesse sempre addosso la malaria, e su quel pallore due occhi grandi così, e delle labbra fresche e rosse, che vi mangiavano.

Al villaggio la chiamavano la Lupa perché non era sazia giammai - di nulla. Le donne si facevano la croce quando la vedevano passare, sola come una cagnaccia, con quell'andare randagio e sospettoso della lupa affamata; ella si spolpava i loro figliuoli e i loro mariti in un batter d'occhio, con le sue labbra rosse, e se li tirava dietro alla gonnella solamente a guardarli con quegli occhi da satanasso, fossero stati davanti all'altare di Santa Agrippina. Per fortuna la Lupa non veniva mai in chiesa, né a Pasqua, né a Natale, né per ascoltar messa, né per confessarsi. - Padre Angiolino di Santa Maria di Gesù, un vero servo di Dio, aveva persa l'anima per lei.

Maricchia, poveretta, buona e brava ragazza, piangeva di nascosto, perché era figlia della Lupa, e nessuno l'avrebbe tolta in moglie, sebbene ci avesse la sua bella roba nel cassettone, e la sua buona terra al sole, come ogni altra ragazza del villaggio

Una volta la Lupa si innamorò di un bel giovane che era tornato da soldato, e mieteva il fieno con lei nelle chiuse del notaro; ma proprio quello che si dice innamorarsi, sentirsene ardere le carni sotto al fustagno del corpetto, e provare, fissandolo negli occhi, la sete che si ha nelle ore calde di giugno, in fondo alla pianura. Ma lui seguitava a mietere tranquillamente, col naso sui manipoli, e le diceva: - O che avete, gnà Pina? - Nei campi immensi, dove scoppiettava soltanto il volo dei grilli, quando il sole batteva a piombo, la Lupa, affastellava manipoli su manipoli, e covoni su covoni, senza stancarsi mai, senza rizzarsi un momento sulla vita, senza accostare le labbra al fiasco, pur di stare sempre alle calcagna di Nanni, che mieteva e mieteva, e le domandava di quando in quando: - Che volete, gnà Pina? -

Una sera ella glielo disse, mentre gli uomini sonnecchiavano nell'aia, stanchi dalla lunga giornata, ed i cani uggiolavano per la vasta campagna nera: - Te voglio! Te che sei bello come il sole, e dolce come il miele. Voglio te!

- Ed io invece voglio vostra figlia, che è zitella - rispose Nanni ridendo.

La Lupa si cacciò le mani nei capelli, grattandosi le tempie senza dir parola, e se ne andò; né più comparve nell'aia. Ma in ottobre rivide Nanni, al tempo che cavavano l'olio, perché egli lavorava accanto alla sua casa, e lo scricchiolio del torchio non la faceva dormire tutta notte.

- Prendi il sacco delle olive, - disse alla figliuola, - e vieni -.

Nanni spingeva con la pala le olive sotto la macina, e gridava - Ohi! - alla mula perché non si arrestasse. - La vuoi mia figlia Maricchia? - gli domandò la gnà Pina. - Cosa gli date a vostra figlia Maricchia? - rispose Nanni. - Essa ha la roba di suo padre, e dippiù io le do la mia casa; a me mi basterà che mi lasciate un cantuccio nella cucina, per stendervi un po' di pagliericcio. - Se è così se ne può parlare a Natale - disse Nanni. Nanni era tutto unto e sudicio dell'olio e delle olive messe a fermentare, e Maricchia non lo voleva a nessun patto; ma sua madre l'afferrò pe' capelli, davanti al focolare, e le disse co' denti stretti: - Se non lo pigli, ti ammazzo! -

She comes to Nanni in the night

La Lupa era quasi malata, e la gente andava dicendo che il diavolo quando invecchia si fa eremita. Non andava più di qua e di là; non si metteva più sull'uscio, con quegli occhi da spiritata. Suo genero, quando ella glieli piantava in faccia, quegli occhi, si metteva a ridere, e cavava fuori l'abitino della Madonna per segnarsi. Maricchia stava in casa ad allattare i figliuoli, e sua madre andava nei campi, a lavorare cogli uomini, proprio come un uomo, a sarchiare, a zappare, a governare le bestie, a potare le viti, fosse stato greco e levante di gennaio, oppure scirocco di agosto, allorquando i muli lasciavano cader la testa penzoloni, e gli uomini dormivano bocconi a ridosso del muro a tramontana. In quell'ora fra vespero e nona, in cui non ne va in volta femmina buona, la gnà Pina era la sola anima viva che si vedesse errare per la campagna, sui sassi infuocati delle viottole, fra le stoppie riarse dei campi immensi, che si perdevano nell'afa, lontan lontano, verso l'Etna nebbioso, dove il cielo si aggravava sull'orizzonte.

- Svegliati! - disse la Lupa a Nanni che dormiva nel fosso, accanto alla siepe polverosa, col capo fra le braccia. - Svegliati, ché ti ho portato il vino per rinfrescarti la gola -.

Nanni spalancò gli occhi imbambolati, tra veglia e sonno, trovandosela dinanzi ritta, pallida, col petto prepotente, e gli occhi neri come il carbone, e stese brancolando le mani.

- No! non ne va in volta femmina buona nell'ora fra vespero e nona! - singhiozzava Nanni, ricacciando la faccia contro l'erba secca del fossato, in fondo in fondo, colle unghie nei capelli. - Andatevene! andatevene! non ci venite più nell'aia! -

Ella se ne andava infatti, la Lupa, riannodando le trecce superbe, guardando fisso dinanzi ai suoi passi nelle stoppie calde, cogli occhi neri come il carbone.

Ma nell'aia ci tornò delle altre volte, e Nanni non le disse nulla. Quando tardava a venire anzi, nell'ora fra vespero e nona, egli andava ad aspettarla in cima alla viottola bianca e deserta, col sudore sulla fronte - e dopo si cacciava le mani nei capelli, e le ripeteva ogni volta: - Andatevene! andatevene! Non ci tornate più nell'aia! -

Maricchia piangeva notte e giorno, e alla madre le piantava in faccia gli occhi ardenti di lagrime e di gelosia, come una lupacchiotta anch'essa, allorché la vedeva tornare da' campi pallida e muta ogni volta. - Scellerata! - le diceva. - Mamma scellerata!

- Taci!

- Ladra! ladra!

- Taci!

- Andrò dal brigadiere, andrò!

- Vacci!

E ci andò davvero, coi figli in collo, senza temere di nulla, e senza versare una lagrima, come una pazza, perché adesso l'amava anche lei quel marito che le avevano dato per forza, unto e sudicio delle olive messe a fermentare.

Il brigadiere fece chiamare Nanni; lo minacciò sin della galera e della forca. Nanni si diede a singhiozzare ed a strapparsi i capelli; non negò nulla, non tentò di scolparsi. - È la tentazione! - diceva; - è la tentazione dell'inferno! - Si buttò ai piedi del brigadiere supplicandolo di mandarlo in galera.

- Per carità, signor brigadiere, levatemi da questo inferno! Fatemi ammazzare, mandatemi in prigione! non me la lasciate veder più, mai! mai!

- No! - rispose invece la Lupa al brigadiere - Io mi son riserbato un cantuccio della cucina per dormirvi, quando gli ho data la mia casa in dote. La casa è mia; non voglio andarmene.

Poco dopo, Nanni s'ebbe nel petto un calcio dal mulo, e fu per morire; ma il parroco ricusò di portargli il Signore se la Lupa non usciva di casa. La Lupa se ne andò, e suo genero allora si poté preparare ad andarsene anche lui da buon cristiano; si confessò e comunicò con tali segni di pentimento e di contrizione che tutti i vicini e i curiosi piangevano davanti al letto del moribondo. E meglio sarebbe stato per lui che fosse morto in quel giorno, prima che il diavolo tornasse a tentarlo e a ficcarglisi nell'anima e nel corpo quando fu guarito. - Lasciatemi stare! - diceva alla Lupa - Per carità, lasciatemi in pace! Io ho visto la morte cogli occhi! La povera Maricchia non fa che disperarsi. Ora tutto il paese lo sa! Quando non vi vedo è meglio per voi e per me... -

Ed avrebbe voluto strapparsi gli occhi per non vedere quelli della Lupa, che quando gli si ficcavano ne' suoi gli facevano perdere l'anima ed il corpo. Non sapeva più che fare per svincolarsi dall'incantesimo. Pagò delle messe alle anime del Purgatorio, e andò a chiedere aiuto al parroco e al brigadiere. A Pasqua andò a confessarsi, e fece pubblicamente sei palmi di lingua a strasciconi sui ciottoli del sacrato innanzi alla chiesa, in penitenza - e poi, come la Lupa tornava a tentarlo:

- Sentite! - le disse, - non ci venite più nell'aia, perché se tornate a cercarmi, com'è vero Iddio, vi ammazzo!

- Ammazzami, - rispose la Lupa, - ché non me ne importa; ma senza di te non voglio starci -.

Ei come la scorse da lontano, in mezzo a' seminati verdi, lasciò di zappare la vigna, e andò a staccare la scure dall'olmo. La

Lupa lo vide venire, pallido e stralunato, colla scure che luccicava al sole, e non si arretrò di un sol passo, non chinò gli occhi, seguitò ad andargli incontro, con le mani piene di manipoli di papaveri rossi, e mangiandoselo con gli occhi neri.
- Ah! malanno all'anima vostra! - balbettò Nanni.

↳ fails his temptation

NEDDA

Il focolare domestico era sempre ai miei occhi una figura rettorica, buona per incorniciarvi gli affetti più miti e sereni, come il raggio di luna per baciare le chiome bionde; ma sorridevo allorquando sentivo dirmi che il fuoco del camino è quasi un amico. Sembravami in verità un amico troppo necessario, a volte uggioso e dispotico, che a poco a poco avrebbe voluto prendervi per le mani o per i piedi, e tirarvi dentro il suo antro affumicato, per baciarvi alla maniera di Giuda. Non conoscevo il passatempo di stuzzicare la legna, né la voluttà di sentirsi inondare dal riverbero della fiamma; non comprendevo il linguaggio del cepperello che scoppietta dispettoso, o brontola fiammeggiando; non avevo l'occhio assuefatto ai bizzarri disegni delle scintille correnti come lucciole sui tizzoni anneriti, alle fantastiche figure che assume la legna carbonizzandosi, alle mille gradazioni di chiaroscuro della fiamma azzurra e rossa che lambisce quasi timida, accarezza graziosamente, per divampare con sfacciata petulanza. Quando mi fui iniziato ai misteri delle molle e del soffietto, m'innamorai con trasporto della voluttuosa pigrizia del caminetto. Io lascio il mio corpo su quella poltroncina, accanto al fuoco, come vi lascierei un abito, abbandonando alla fiamma la cura di far circolare più caldo il mio sangue e di far battere più rapido il mio cuore; e incaricando le faville fuggenti, che folleggiano come farfalle innamorate, di farmi tenere gli occhi aperti, e di far errare capricciosamente del pari i miei pensieri. Cotesto spettacolo del proprio pensiero che svolazza vagabondo intorno a voi, che vi lascia per correre lontano, e per gettarvi a vostra insaputa quasi dei soffi di dolce e d'amaro in cuore, ha attrattive indefinibili. Col sigaro semispento, cogli occhi socchiusi, le molle fuggendovi dalle dita allentate, vedete l'altra parte di voi andar lontano, percorrere vertiginose distanze: vi par di sentirvi passar per i nervi correnti di atmosfere sconosciute: provate, sorridendo, senza muovere un dito o fare un passo, l'effetto di mille sensazioni che farebbero incanutire i vostri capelli, e solcherebbero di rughe la vostra fronte.

E in una di coteste peregrinazioni vagabonde dello spirito, la fiamma che scoppiettava, troppo vicina forse, mi fece rivedere un'altra fiamma gigantesca che avevo visto ardere nell'immenso focolare della fattoria del Pino, alle falde dell'Etna. Pioveva, e il vento urlava incollerito; le venti o trenta donne che raccoglievano le olive del podere, facevano fumare le loro vesti bagnate dalla pioggia dinanzi al fuoco; le allegre, quelle che avevano dei soldi in tasca, o quelle che erano innamorate, cantavano; le altre ciarlavano della raccolta delle olive, che era stata cattiva, dei matrimoni della parrocchia, o della pioggia che rubava loro il pane di bocca. La vecchia castalda filava, tanto perché la lucerna appesa alla cappa del focolare non ardesse per nulla; il grosso cane color di lupo allungava il muso sulle zampe verso il fuoco, rizzando le orecchie ad ogni diverso ululato del vento. Poi, nel tempo che cuocevasi la minestra, il pecoraio si mise a suonare certa arietta montanina che pizzicava le gambe, e le ragazze incominciarono a saltare sull'ammattonato sconnesso della vasta cucina affumicata, mentre il cane brontolava per paura che gli pestassero la coda. I cenci svolazzavano allegramente, e le fave ballavano anch'esse nella pentola, borbottando in mezzo alla schiuma che faceva sbuffare la fiamma. Quando le ragazze furono stanche, venne la volta delle canzonette: - Nedda! Nedda la varannisa! - sclamarono parecchie. - Dove s'è cacciata la varannisa?

- Son qua - rispose una voce breve dall'angolo più buio, dove s'era accoccolata una ragazza su di un fascio di legna.

- O che fai tu costà?

- Nulla.

- Perché non hai ballato?

- Perché son stanca.

- Cantaci una delle tue belle canzonette.

- No, non voglio cantare.

- Che hai?

- Nulla.

- Ha la mamma che sta per morire, - rispose una delle sue compagne, come se avesse detto che aveva male ai denti.

La ragazza, che teneva il mento sui ginocchi, alzò su quella che aveva parlato certi occhioni neri, scintillanti, ma asciutti, quasi impassibili, e tornò a chinarli, senza aprir bocca, sui suoi piedi nudi.

Allora due o tre si volsero verso di lei, mentre le altre si sbandavano ciarlando tutte in una volta come gazze che festeggiano il lauto pascolo, e le dissero: - O allora perché hai lasciato tua madre?

- Per trovar del lavoro.

- Di dove sei?

- Di Viagrande, ma sto a Ravanusa -.

Una delle spiritose, la figlioccia del castaldo, che doveva sposare il terzo figlio di massaro Jacopo a Pasqua, e aveva una bella crocetta d'oro al collo, le disse volgendole le spalle: - Eh! non è lontano! la cattiva nuova dovrebbe recartela proprio l'uccello -.

Nedda le lanciò dietro un'occhiata simile a quella che il cane accovacciato dinanzi al fuoco lanciava agli zoccoli che minacciavano la sua coda.

- No! lo zio Giovanni sarebbe venuto a chiamarmi! - esclamò come rispondendo a se stessa.

- Chi è lo zio Giovanni?

- È lo zio Giovanni di Ravanusa; lo chiamano tutti così.

- Bisognava farsi imprestare qualche cosa dallo zio Giovanni, e non lasciare tua madre, - disse un'altra.

- Lo zio Giovanni non è ricco, e gli dobbiamo diggià dieci lire! E il medico? e le medicine? e il pane di ogni giorno? Ah! si fa presto a dire! - aggiunse Nedda scrollando la testa, e lasciando trapelare per la prima volta un'intonazione più dolente nella voce rude e quasi selvaggia: - ma a veder tramontare il sole dall'uscio, pensando che non c'è pane nell'armadio, né olio nella lucerna, né lavoro per l'indomani, la è una cosa assai amara, quando si ha una povera vecchia inferma, là su quel lettuccio! -

E scuoteva sempre il capo dopo aver taciuto, senza guardar nessuno, con occhi aridi, asciutti, che tradivano tale inconscio dolore, quale gli occhi più abituati alle lagrime non saprebbero esprimere.

- Le vostre scodelle, ragazze! - gridò la castalda scoperchiando la pentola in aria trionfale.

Tutte si affollarono attorno al focolare, ove la castalda distribuiva con paziente parsimonia le mestolate di fave. Nedda aspettava ultima, colla sua scodelletta sotto il braccio. Finalmente ci fu posto anche per lei, e la fiamma l'illuminò tutta.

Era una ragazza bruna, vestita miseramente; aveva quell'attitudine timida e ruvida che danno la miseria e l'isolamento. Forse sarebbe stata bella, se gli stenti e le fatiche non ne avessero alterato profondamente non solo le sembianze gentili della donna, ma direi anche la forma umana. I suoi capelli erano neri, folti, arruffati, appena annodati con dello spago; aveva denti bianchi come avorio, e una certa grossolana avvenenza di lineamenti che rendeva attraente il suo sorriso. Gli occhi erano neri, grandi, nuotanti in un fluido azzurrino, quali li avrebbe invidiati una regina a quella povera figliuola raggomitolata sull'ultimo gradino della scala umana, se non fossero stati offuscati dall'ombrosa timidezza della miseria, o non fossero sembrati stupidi per una triste e continua rassegnazione. Le sue membra schiacciate da pesi enormi, o sviluppate violentemente da sforzi penosi, erano diventate grossolane, senza esser robuste. Ella faceva da manovale, quando non aveva da trasportare sassi nei terreni che si andavano dissodando; o portava dei carichi in città per conto altrui, o faceva di quegli altri lavori più duri che da quelle parti stimansi inferiori al còmpito dell'uomo. La vendemmia, la messe, la raccolta delle olive per lei erano delle feste, dei giorni di baldoria, un passatempo, anziché una fatica. È vero bensì che fruttavano appena la metà di una buona giornata estiva da manovale, la quale dava 13 bravi soldi! I cenci sovrapposti in forma di vesti rendevano grottesca quella che avrebbe dovuto essere la delicata bellezza muliebre. L'immaginazione più vivace non avrebbe potuto figurarsi che quelle mani costrette ad un'aspra fatica di tutti i giorni, a raspar fra il gelo, o la terra bruciante, o i rovi e i crepacci, che quei piedi abituati ad andar nudi nella neve e sulle rocce infuocate dal sole, a lacerarsi sulle spine, o ad indurirsi sui sassi, avrebbero potuto esser belli. Nessuno avrebbe potuto dire quanti anni avesse cotesta creatura umana; la miseria l'aveva schiacciata da bambina con tutti gli stenti che deformano e induriscono il corpo, l'anima e l'intelligenza. - Così era stato di sua madre, così di sua nonna, così sarebbe stato di sua figlia. - E dei suoi fratelli in Eva bastava che le rimanesse quel tanto che occorreva per comprenderne gli ordini, e per prestar loro i più umili, i più duri servigi.

Nedda sporse la sua scodella, e la castalda ci versò quello che rimaneva di fave nella pentola, e non era molto.

- Perché vieni sempre l'ultima? Non sai che gli ultimi hanno quel che avanza? - le disse a mo' di compenso la castalda.

La povera ragazza chinò gli occhi sulla broda nera che fumava nella sua scodella, come se meritasse il rimprovero, e andò pian pianino perché il contenuto non si versasse.

- Io te ne darei volentieri delle mie, - disse a Nedda una delle sue compagne che aveva miglior cuore; - ma se domani continuasse a piovere... davvero!... oltre a perdere la mia giornata non vorrei anche mangiare tutto il mio pane.

- Io non ho questo timore! - rispose Nedda con un triste sorriso.

- Perché?

- Perché non ho pane di mio. Quel po' che ci avevo, insieme a quei pochi quattrini, li ho lasciati alla mamma.

- E vivi della sola minestra?

- Sì, ci sono avvezza; - rispose Nedda semplicemente.

- Maledetto tempaccio, che ci ruba la nostra giornata! - imprecò un'altra.

- To', prendi dalla mia scodella.

- Non ho più fame; - rispose la varannisa ruvidamente, a mo' di ringraziamento.

- Tu che bestemmi la pioggia del buon Dio, non mangi forse del pane anche tu? - disse la castalda a colei che aveva imprecato contro il cattivo tempo. - E non sai che pioggia d'autunno vuol dire buon anno? -

Un mormorio generale approvò quelle parole.

- Sì, ma intanto son tre buone mezze giornate che vostro marito toglierà dal conto della settimana! -

Altro mormorio d'approvazione.

- Hai forse lavorato in queste tre mezze, perché ti s'abbiano a pagare? - rispose trionfalmente la vecchia.

- È vero! è vero! - risposero le altre, con quel sentimento istintivo di giustizia che c'è nelle masse, anche quando questa giustizia danneggia gli individui.

La castalda intuonò il rosario, le avemarie si seguirono col loro monotono brontolio, accompagnate da qualche sbadiglio. Dopo le litanie si pregò per i vivi e per i morti, e allora gli occhi della povera Nedda si riempirono di lagrime, e dimenticò di rispondere amen.

- Che modo è cotesto di non rispondere amen? - le disse la vecchia in tuono severo.

- Pensava alla mia povera mamma che è tanto lontana; - balbettò Nedda timidamente.

Poi la castalda diede la santa notte, prese la lucerna e andò via. Qua e là, per la cucina o attorno al fuoco, s'improvvisarono i giacigli in forme pittoresche. Le ultime fiamme gettarono vacillanti chiaroscuri sui gruppi e su gli atteggiamenti diversi. Era una buona fattoria quella, e il padrone non risparmiava, come tant'altri, fave per la minestra, né legna pel focolare, né strame pei giacigli. Le donne dormivano in cucina, e gli uomini nel fienile.

Dove poi il padrone è avaro, o la fattoria è piccola, uomini e donne dormono alla rinfusa, come meglio possono, nella stalla, o altrove, sulla paglia o su pochi cenci, i figliuoli accanto ai genitori, e quando il genitore è ricco, e ha una coperta di suo, la distende sulla sua famigliuola; chi ha freddo si addossa al vicino, o mette i piedi nella cenere calda, o si copre di paglia, s'ingegna come può; dopo un giorno di fatica, e per ricominciare un altro giorno di fatica, il sonno è profondo, al pari di un despota benefico, e la moralità del padrone non è permalosa che per negare il lavoro alla ragazza la quale, essendo prossima a divenir madre, non potesse compiere le sue dieci ore di fatica.

Prima di giorno le più mattiniere erano uscite per vedere che tempo facesse, e l'uscio che sbatteva ad ogni momento sugli stipiti, spingeva turbini di pioggia e di vento freddissimo su quelli che intirizziti dormivano ancora. Ai primi albori il castaldo era venuto a spalancare l'uscio, per svegliare i pigri, giacché non è giusto defraudare il padrone di un minuto della giornata lunga dieci ore, che gli paga il suo bravo tarì, e qualche volta anche tre carlini (sessantacinque centesimi!) oltre la minestra.

- Piove! - era la parola uggiosa che correva su tutte le bocche, con accento di malumore. La Nedda, appoggiata all'uscio, guardava tristemente i grossi nuvoloni color di piombo che gettavano su di lei le livide tinte del crepuscolo. La giornata era fredda e nebbiosa; le foglie avvizzite si staccavano strisciando lungo i rami, e svolazzavano alquanto prima di andare a cadere sulla terra fangosa, e il rigagnolo s'impantanava in una pozzanghera, dove s'avvoltolavano voluttuosamente dei maiali; le vacche mostravano il muso nero attraverso il cancello che chiudeva la stalla, e guardavano la pioggia che cadeva con occhio malinconico; i passeri, rannicchiati sotto le tegole della gronda, pigolavano in tono piagnoloso.

- Ecco un'altra giornata andata a male! - mormorò una delle ragazze, addentando un grosso pan nero.

- Le nuvole si distaccano dal mare laggiù, - disse Nedda stendendo il braccio; - verso il mezzogiorno forse il tempo cambierà.

- Però quel birbo del fattore non ci pagherà che un terzo della giornata!

- Sarà tanto di guadagnato.

- Sì, ma il nostro pane che mangiamo a tradimento?

- E il danno che avrà il padrone delle olive che andranno a male, e di quelle che si perderanno fra la mota?

- È vero, - disse un'altra.

- Ma pròvati ad andare a raccogliere una sola di quelle olive che andranno perdute fra mezz'ora, per accompagnarla al tuo pane asciutto, e vedrai quel che ti darà di giunta il fattore!

- È giusto, perché le olive non sono nostre!

- Ma non sono nemmeno della terra che se le mangia!

- La terra è del padrone, to'! - replicò Nedda trionfante di logica, con certi occhi espressivi.

- È vero anche questo; - rispose un'altra, la quale non sapeva che rispondere.

- Quanto a me preferirei che continuasse a piovere tutto il giorno, piuttosto che stare una mezza giornata carponi in mezzo al fango, con questo tempaccio, per tre o quattro soldi.

- A te non ti fanno nulla tre o quattro soldi, non ti fanno! - esclamò Nedda tristemente.

La sera del sabato, quando fu l'ora di aggiustare il conto della settimana, dinanzi alla tavola del fattore, tutta carica di cartacce e di bei gruzzoletti di soldi, gli uomini più turbolenti furono pagati i primi, poscia le più rissose delle donne, in ultimo, e peggio, le timide e le deboli. Quando il fattore le ebbe fatto il suo conto, Nedda venne a sapere che, detratte le due giornate e mezza di riposo forzato, restava ad avere quaranta soldi.

La povera ragazza non osò aprir bocca. Solo le si riempirono gli occhi di lagrime.

- E laméntati per giunta, piagnucolona! - gridò il fattore, il quale gridava sempre, da fattore coscienzioso che difende i soldi del padrone. - Dopo che ti pago come le altre, e sì che sei più povera e più piccola delle altre! e ti pago la tua giornata come nessun proprietario ne paga una simile in tutto il territorio di Pedara, Nicolosi e Trecastagne! Tre carlini, oltre la minestra!

- Io non mi lamento... - disse timidamente Nedda intascando quei pochi soldi che il fattore, ad aumentare il valore, aveva conteggiato per grani. - La colpa è del tempo che è stato cattivo e mi ha tolto quasi la metà di quel che avrei potuto buscarmi.

- Pigliatela col Signore! - disse il fattore ruvidamente.

- Oh, non col Signore! ma con me che son tanto povera!

- Pàgagli intiera la sua settimana, a quella povera ragazza; - disse al fattore il figliuolo del padrone, il quale assisteva alla raccolta delle olive. - Non sono che pochi soldi di differenza.

- Non devo darle che quel ch'è giusto!

- Ma se te lo dico io!

- Tutti i proprietari del vicinato farebbero la guerra a voi e a me se facessimo delle novità.

- Hai ragione! - rispose il figliuolo del padrone, il quale era un ricco proprietario, e aveva molti vicini.

Nedda raccolse quei pochi cenci che erano suoi, e disse addio alle compagne.

- Vai a Ravanusa a quest'ora? - dissero alcune.

- La mamma sta male!

- Non hai paura?

- Sì, ho paura per questi soldi che ho in tasca; ma la mamma sta male, e adesso che non son più costretta a star qui a lavorare, mi sembra che non potrei dormire, se mi fermassi anche stanotte.

- Vuoi che t'accompagni? - le disse in tuono di scherzo il giovane pecoraio.

- Vado con Dio e con Maria - disse semplicemente la povera ragazza, prendendo la via dei campi a capo chino.

Il sole era tramontato da qualche tempo e le ombre salivano rapidamente verso la cima della montagna. Nedda camminava sollecita, e quando le tenebre si fecero profonde, cominciò a cantare come un uccelletto spaventato. Ogni dieci passi voltavasi indietro, paurosa, e allorché un sasso, smosso dalla pioggia che era caduta, sdrucciolava dal muricciolo, o il vento le spruzzava bruscamente addosso a guisa di gragnuola la pioggia raccolta nelle foglie degli alberi, ella si fermava tutta tremante, come una capretta sbrancata. Un assiolo la seguiva d'albero in albero col suo canto lamentoso; ed ella, tutta lieta di quella compagnia, gli faceva il richiamo, perché l'uccello non si stancasse di seguirla. Quando passava dinanzi ad una cappelletta, accanto alla porta di qualche fattoria, si fermava un istante nella viottola per dire in fretta un'avemaria, stando all'erta che non le saltasse addosso dal muro di cinta il cane di guardia, che abbaiava furiosamente; poi partiva di passo più lesto, rivolgendosi due o tre volte a guardare il lumicino che ardeva in omaggio alla Santa, nello stesso tempo che faceva lume al fattore, quando doveva tornar tardi dai campi.

Quel lumicino le dava coraggio, e la faceva pregare per la sua povera mamma. Di tempo in tempo un pensiero doloroso le stringeva il cuore con una fitta improvvisa, e allora si metteva a correre, e cantava ad alta voce per stordirsi, o pensava ai giorni più allegri della vendemmia, o alle sere d'estate, quando, con la più bella luna del mondo, si tornava a stormi dalla Piana, dietro la cornamusa che suonava allegramente; ma il suo pensiero correva sempre là, dinanzi al misero giaciglio della sua inferma. Inciampò in una scheggia di lava tagliente come un rasoio, e si lacerò un piede; l'oscurità era sì fitta che alle svolte della viottola la povera ragazza spesso urtava contro il muro o la siepe, e cominciava a perder coraggio e a non saper dove si trovasse. Tutt'a un tratto udì l'orologio di Punta che suonava le nove, così vicino che i rintocchi sembravano le cadessero sul capo. Nedda sorrise, quasi un amico l'avesse chiamata per nome in mezzo ad una folla di stranieri.

Infilò allegramente la via del villaggio, cantando a squarciagola la sua bella canzone, e tenendo stretti nella mano, dentro la tasca del grembiule, i suoi quaranta soldi.

Passando dinanzi alla farmacia vide lo speziale ed il notaro tutti inferraiuolati che giocavano a carte. Alquanto più in là incontrò il povero matto di Punta, che andava su e giù da un capo all'altro della via, colle mani nelle tasche del vestito, canticchiando la solita canzone che l'accompagna da venti anni, nelle notti d'inverno e nei meriggi della canicola. Quando fu ai primi alberi del diritto viale di Ravanusa, incontrò un paio di buoi che venivano a passo lento ruminando tranquillamente.

- Ohé, Nedda! - gridò una voce nota.

- Sei tu, Janu?

- Sì, son io, coi buoi del padrone.

- Da dove vieni? - domandò Nedda senza fermarsi.

- Vengo dalla Piana. Son passato da casa tua; tua madre t'aspetta.

- Come sta la mamma?

- Al solito.

- Che Dio ti benedica! - esclamò la ragazza come se avesse temuto il peggio, e ricominciò a correre.

- Addio, Nedda! - le gridò dietro Janu.

- Addio, - balbettò da lontano Nedda.

E le parve che le stelle splendessero come soli, che tutti gli alberi, noti uno per uno, stendessero i rami sulla sua testa per proteggerla, e i sassi della via le accarezzassero i piedi indolenziti.

Il domani, ch'era domenica, venne la visita del medico, il quale concedeva ai suoi malati poveri il giorno che non poteva consacrare ai suoi poderi. Una triste visita davvero! perché il buon dottore non era abituato a far complimenti coi suoi clienti, e nel casolare di Nedda non c'era anticamera, né amici di casa ai quali si potesse annunciare il vero stato dell'inferma.

Nella giornata seguì anche una mesta funzione; venne il curato in rocchetto, il sagrestano coll'olio santo, e due o tre comari che borbottavano non so che preci. La campanella del sagrestano squillava acutamente in mezzo ai campi, e i carrettieri che l'udivano fermavano i loro muli in mezzo alla strada, e si cavavano il berretto. Quando Nedda l'udì per la sassosa viottola tirò su la coperta tutta lacera dell'inferma, perché non si vedesse che mancavano le lenzuola, e piegò il suo più bel grembiule bianco sul deschetto zoppo, reso fermo con dei mattoni. Poi, mentre il prete compiva il suo ufficio, andò ad inginocchiarsi fuori dell'uscio, balbettando macchinalmente delle preci, guardando come trasognata quel sasso dinanzi alla soglia su cui la sua vecchierella soleva scaldarsi al sole di marzo, e ascoltando con orecchio distratto i consueti rumori delle vicinanze, ed il via vai di tutta quella gente che andava per i propri affari senza avere angustie pel capo. Il curato partì, ed il sagrestano indugiò invano sull'uscio perché gli facessero la solita limosina pei poveri.

Lo zio Giovanni vide a tarda ora della sera la Nedda che correva sulla strada di Punta.

- Ohé! dove vai a quest'ora?

- Vado per una medicina che ha ordinato il medico -.

Lo zio Giovanni era economo e brontolone.

- Ancora medicine! - borbottò, - dopo che ha ordinato la medicina dell'olio santo! già, loro fanno a metà collo speziale, per dissanguare la povera gente! Fai a mio modo, Nedda, risparmia quei quattrini e vatti a star colla tua vecchia.

- Chissà che non avesse a giovare! - rispose tristemente la ragazza chinando gli occhi, e affrettò il passo.

Lo zio Giovanni rispose con un brontolio. Poi le gridò dietro: - Ohe! la varannisa!

- Che volete?

- Anderò io dallo speziale. Farò più presto di te, non dubitare. Intanto non lascerai sola la povera malata -.

Alla ragazza vennero le lagrime agli occhi.

- Che Dio vi benedica! - gli disse, e volle anche mettergli in mano i denari.

- I denari me li darai poi; - rispose ruvidamente lo zio Giovanni, e si diede a camminare colle gambe dei suoi vent'anni.

La ragazza tornò indietro e disse alla mamma: - C'è andato lo zio Giovanni, - e lo disse con voce dolce insolitamente.

La moribonda udì il suono dei soldi che Nedda posava sul deschetto, e la interrogò cogli occhi.

- Mi ha detto che glieli darò poi; - rispose la figlia.

- Che Dio gli paghi la carità! - mormorò l'inferma, - così resterai senza un quattrino.

- Oh, mamma!

- Quanto gli dobbiamo allo zio Giovanni?

- Dieci lire. Ma non abbiate paura, mamma! Io lavorerò! -

La vecchia la guardò a lungo coll'occhio semispento, e poscia l'abbracciò senza aprir bocca. Il giorno dopo vennero i becchini, il sagrestano e le comari. Quando Nedda ebbe acconciato la morta nella bara, coi suoi migliori abiti, le mise tra le mani un garofano che aveva fiorito dentro una pentola fessa, e la più bella treccia dei suoi capelli; diede ai becchini quei pochi soldi che le rimanevano perché facessero a modo, e non scuotessero tanto la morta per la viottola sassosa del cimitero; poi rassettò il lettuccio e la casa, mise in alto, sullo scaffale, l'ultimo bicchiere di medicina, e andò a sedersi sulla soglia dell'uscio, guardando il cielo.

Un pettirosso, il freddoloso uccelletto del novembre, si mise a cantare tra le frasche e i rovi che coronavano il muricciuolo di faccia all'uscio, e saltellando fra le spine e gli sterpi, la guardava con certi occhietti maliziosi come se volesse dirle qualche cosa: Nedda pensò che la sua mamma, il giorno innanzi, l'aveva udito cantare. Nell'orto accanto c'erano delle olive per terra, e le gazze venivano a beccarle; ella le aveva scacciate a sassate, perché la moribonda non ne udisse il funebre gracidare; adesso le guardò impassibile, e non si mosse; e quando sulla strada vicina passarono il venditore di lupini, o il vinaio, o i carrettieri, che discorrevano ad alta voce per vincere il rumore dei loro carri e delle sonagliere dei loro muli, ella diceva: - costui è il tale, quegli è il tal altro -. Allorché suonò l'avemaria, e s'accese la prima stella della sera, si rammentò che non doveva andar giù per le medicine a Punta, ed a misura che i rumori andarono perdendosi nella via, e le tenebre a calare nell'orto, pensò che non aveva più bisogno d'accendere il lume.

Lo zio Giovanni la trovò ritta sull'uscio.

Ella si era alzata udendo dei passi nella viottola, perché non aspettava più nessuno.

- Che fai costà! - le domandò lo zio Giovanni. Ella si strinse nelle spalle, e non rispose.

Il vecchio si assise accanto a lei, sulla soglia, e non aggiunse altro.

- Zio Giovanni, - disse la ragazza dopo un lungo silenzio, - adesso non ho più nessuno, e posso andar lontano a cercar lavoro; partirò per la Roccella, ove dura ancora la raccolta delle olive, e al ritorno vi restituirò i denari che ci avete imprestati.

- Io non sono venuto a domandarteli i tuoi denari! - le rispose burbero lo zio Giovanni.

Ella non disse altro, ed entrambi rimasero zitti ad ascoltare l'assiolo che cantava. Nedda pensò che era forse quello stesso di due sere innanzi, e sentì gonfiàrsi il cuore.

- E del lavoro ne hai? - domandò finalmente lo zio Giovanni.

- No, ma qualche anima caritatevole troverò, che me ne darà.

- Ho sentito dire che ad Aci Catena pagano le donne abili per incartare le arance in ragione di una lira al giorno, senza minestra, e ho subito pensato a te; tu hai già fatto quel mestiere nello scorso marzo, e devi esser pratica. Vuoi andare?

- Magari!

- Bisognerebbe trovarsi domani all'alba al giardino del Merlo, all'angolo della scorciatoia che conduce a Sant'Anna.

- Posso anche partire stanotte. La mia povera mamma non ha voluto costarmi molti giorni di riposo.

- Sai dove andare?

- Sì, poi mi informerò.

- Domanderai all'oste che sta sulla strada maestra di Valverde, al di là del castagneto ch'è sulla sinistra della via. Cercherai di massaro Vinirannu, e dirai che ti mando io.

- Ci andrò, - disse la povera ragazza.

- Ho pensato che non avresti avuto del pane per la settimana, - disse lo zio Giovanni cavando un grosso pan nero dalla profonda tasca del suo vestito, e posandolo sul deschetto.

La Nedda si fece rossa, come se facesse lei quella buona azione. Poi, dopo qualche istante riprese:

- Se il signor curato dicesse domani la messa per la mamma, io gli farei due giornate di lavoro, alla raccolta delle fave.

- La messa l'ho fatta dire - rispose lo zio Giovanni.

- Oh! la povera morta pregherà anche per voi! - mormorò la ragazza coi grossi lagrimoni agli occhi.

Infine, quando lo zio Giovanni se ne andò, e udì perdersi in lontananza il rumore de suoi passi pesanti, chiuse l'uscio, e accese la candela. Allora le parve di trovarsi sola al mondo, ed ebbe paura di dormire in quel povero lettuccio ove soleva coricarsi accanto alla sua mamma.

Le ragazze del villaggio sparlarono di lei perché andò a lavorare subito il giorno dopo la morte della sua vecchia, e perché non aveva messo il bruno; e il signor curato la sgridò forte, quando la domenica successiva la vide sull'uscio del casolare, mentre si cuciva il grembiule che aveva fatto tingere in nero, unico e povero segno di lutto, e prese argomento da ciò per predicare in chiesa contro il mal uso di non osservare le feste e le domeniche.

La povera fanciulla, per farsi perdonare il suo grosso peccato, andò a lavorare due giorni nel campo del curato, acciò dicesse la messa per la sua morta il primo lunedì del mese; e la domenica, quando le fanciulle, vestite dei loro begli abiti da festa, si tiravano in là sul banco, o ridevano di lei, e i giovanotti, all'uscire di chiesa, le dicevano facezie grossolane, ella si stringeva nella sua mantellina tutta lacera, e affrettava il passo, chinando gli occhi, senza che un pensiero amaro venisse a turbare la serenità della sua preghiera - ovvero diceva a se stessa a mo' di rimprovero che si fosse meritato: - Son così povera! - oppure, guardando le sue due buone braccia: - Benedetto il Signore che me le ha date! - e tirava via sorridendo.

Una sera - aveva spento da poco il lume - udì nella viottola una nota voce che cantava a squarciagola, e con la melanconica cadenza orientale delle canzoni contadinesche: Picca cci voli ca la vaju' a viju. A la mi' amanti di l'arma mia!...

- È Janu! - disse sottovoce, mentre il cuore le balzava dal petto come un uccello spaventato, e cacciò la testa fra le coltri.

E il domani, quando aprì la finestra, vide Janu col suo bel vestito nuovo di fustagno, nelle cui tasche cercavano entrare per forza le sue grosse mani nere e incallite al lavoro, con un bel fazzoletto di seta nuova fiammante che faceva capolino con civetteria dalla scarsella del farsetto, il quale si godeva il bel sole d'aprile appoggiato al muricciolo dell'orto.

- Oh, Janu! - diss'ella, come se non ne sapesse proprio nulla.

- Salutamu! - esclamò il giovane col suo più grosso sorriso.

- O che fai qui?

- Torno dalla Piana -.

La fanciulla sorrise, e guardò le lodole che saltellavano ancora sul verde per l'ora mattutina.

- Sei tornato colle lodole.

- Le lodole vanno dove trovano il miglio, ed io dove c'è del pane.

- O come?

- Il padrone m'ha licenziato.

- O perché?

- Perché avevo preso le febbri laggiù, e non potevo più lavorare che tre giorni per settimana.

- Si vede, povero Janu!

- Maledetta Piana! - imprecò Janu stendendo il braccio verso la pianura.

- Sai, la mamma!... - disse Nedda.

- Me l'ha detto lo zio Giovanni -.

Ella non aggiunse altro, e guardò l'orticello al di là del muricciolo. I sassi umidicci fumavano; le gocce di rugiada luccicavano su di ogni filo d'erba; i mandorli fioriti sussurravano lieve lieve e lasciavano cadere sul tettuccio del casolare i loro fiori bianchi e rosei che imbalsamavano l'aria; una passera, petulante e sospettosa nel tempo istesso, schiamazzava sulla gronda, e minacciava a suo modo Janu, che aveva tutta l'aria, col suo viso sospetto, di insidiare al suo nido, del quale spuntavano tra le tegole alcuni fili di paglia indiscreti. La campana della chiesuola chiamava a messa.

- Come fa piacere a sentire la nostra campana! - esclamò Janu.

- Io ho riconosciuto la tua voce stanotte, - disse Nedda facendosi rossa, e zappando con un coccio la terra della pentola che conteneva i suoi fiori.

Egli si volse in là, ed accese la pipa, come deve fare un uomo.

- Addio, vado a messa! - disse bruscamente la Nedda, tirandosi indietro dopo un lungo silenzio.

- Prendi, ti ho portato codesto dalla città - le disse il giovane sciorinando il suo bel fazzoletto di seta.

- Oh! com'è bello! ma questo non fa per me!

- O perché? se non ti costa nulla! - rispose il giovanotto con logica contadinesca.

Ella si fece rossa, come se la grossa spesa le avesse dato idea dei caldi sentimenti del giovane, gli lanciò, sorridente, un'occhiata fra carezzevole e selvaggia, e scappò in casa; e allorché udì i grossi scarponi di lui sui sassi della viottola, fece capolino per accompagnarlo cogli occhi mentre se ne andava.

Alla messa le ragazze del villaggio poterono vedere il bel fazzoletto di Nedda, dove c'erano stampate delle rose che si sarebbero mangiate, e su cui il sole, scintillante dalle invetriate della chiesuola, mandava i suoi raggi più allegri. E quand'ella passò dinanzi a Janu, il quale stava presso il primo cipresso del sacrato, colle spalle al muro e fumando nella sua pipa intagliata, ella sentì gran caldo al viso, e il cuore che le faceva un gran battere in petto, e sgusciò via alla lesta. Il giovane le tenne dietro fischiettando, e la guardava a camminare svelta e senza voltarsi indietro, colla sua veste nuova di fustagno che faceva delle belle pieghe pesanti, le sue brave scarpette, e la sua mantellina fiammante. - La povera formica, or che la mamma stando in paradiso non l'era più a carico, era riuscita a farsi un po' di corredo col suo lavoro. - Fra tutte le miserie del povero c'è anche quella del sollievo che arrecano le perdite più dolorose al cuore!

Nedda sentiva dietro di sé, con gran piacere o gran sgomento (non sapeva davvero che cosa fosse delle due), il passo pesante del giovanotto, e guardava sulla polvere biancastra dello stradale, tutto diritto e inondato di sole, un'altra ombra, la quale di tanto in tanto si distaccava dalla sua. Tutt'a un tratto, quando fu in vista della sua casuccia, senza alcun motivo, si diede a correre come una cerbiatta spaventata. Janu la raggiunse, ella si appoggiò all'uscio, tutta rossa e sorridente, e gli allungò un pugno sul dorso. - To'! -

Egli ripicchiò con galanteria un po' manesca.

- O quanto l'hai pagato il tuo fazzoletto? - domandò Nedda togliendoselo dal capo per sciorinarlo al sole e contemplarlo in aria festosa.

- Cinque lire, - rispose Janu un po' pettoruto.

Ella sorrise senza guardarlo; ripiegò accuratamente il fazzoletto, studiando i segni che avevano lasciato le pieghe, e si mise a canticchiare una canzonetta che non soleva tornarle in bocca da lungo tempo.

La pentola rotta, posta sul davanzale, era ricca di garofani in boccio.

- Che peccato, - disse Nedda, - che non ce ne siano di fioriti! - e spiccò il più grosso bocciolo e glielo diede.

- Che vuoi che ne faccia se non è sbocciato? - diss'egli senza comprenderla, e lo buttò via. Ella si volse in là.

- E adesso dovrai andare a lavorare? - gli domandò dopo qualche secondo.

Egli alzò le spalle: - Dove andrai tu domani!

- A Bongiardo.

- Del lavoro ne troverò; ma bisognerebbe che non tornassero le febbri.

- Bisognerebbe non star fuori la notte a cantare dietro gli usci! - gli diss'ella tutta rossa, dondolandosi sullo stipite dell'uscio con certa aria civettuola.

- Non lo farò più, se tu non vuoi -.

Ella gli diede un buffetto, e scappò dentro.

- Ohé! Janu! - chiamò dalla strada lo zio Giovanni

- Vengo! - gridò Janu; e alla Nedda: - Verrò anch'io a Bongiardo, se mi vogliono.

- Ragazzo mio, - gli disse lo zio Giovanni quando fu sulla strada, - la Nedda non ha più nessuno, e tu sei un bravo giovinotto; ma insieme non ci state proprio bene. Hai inteso?

- Ho inteso, zio Giovanni; ma se Dio vuole, dopo la messe, quando avrò da banda quel po' di quattrini che ci vogliono, insieme ci staremo benissimo -.

Nedda, che aveva udito da dietro il muricciolo, si fece rossa, sebbene nessuno la vedesse.

L'indomani, prima di giorno, quand'ella si affacciò all'uscio per partire, trovò Janu, col suo fagotto infilato al bastone.

- O dove vai? - gli domandò.

- Vengo anch'io a Bongiardo, a cercar lavoro -.

I passerotti, che si erano svegliati alle voci mattutine, cominciarono a pigolare dietro il nido. Janu infilò al suo bastone anche il fagotto di Nedda, e s'avviarono alacremente, mentre il cielo si tingeva all'orizzonte delle prime fiamme del giorno, e il venticello diveniva frizzante.

A Bongiardo c'era proprio del lavoro per chi ne voleva. Il prezzo del vino era salito, e un ricco proprietario faceva dissodare un gran tratto di chiuse da mettere a vigneti. Le chiuse rendevano 1200 lire all'anno in lupini ed olio; messe a vigneto avrebbero dato, fra cinque anni, 12 o 13 mila lire, impiegandovene solo 10 o 12 mila; il taglio degli ulivi avrebbe coperto metà della spesa. Era un'eccellente speculazione, come si vede, e il proprietario pagava, di buon grado, una gran giornata ai contadini che lavoravano al dissodamento, 30 soldi agli uomini, e 20 alle donne, senza minestra; è vero che il lavoro era un po' faticoso, e che ci si rimettevano anche quei pochi cenci che formavano il vestito dei giorni di lavoro; ma Nedda non era abituata a guadagnar 20 soldi tutti i giorni.

Il soprastante s'accorse che Janu, riempiendo i corbelli di sassi, lasciava sempre il più leggiero per Nedda, e minacciò di cacciarlo via. Il povero diavolo, tanto per non perdere il pane, dovette accontentarsi di discendere dai 30 ai 20 soldi.

Il male era che quei poderi quasi incolti mancavano di fattoria, e la notte uomini e donne dovevano dormire alla rinfusa nell'unico casolare senza porta, e sì che le notti erano piuttosto fredde. Janu diceva d'aver sempre caldo, e dava a Nedda la sua casacca di fustagno perché si coprisse per bene. La domenica poi tutta la brigata si metteva in cammino per vie diverse.

Janu e Nedda avevano preso le scorciatoie, e andavano attraverso il castagneto chiacchierando, ridendo, cantando a riprese, e facendo risuonare nelle tasche i grossi soldoni. Il sole era caldo come in giugno; i prati lontani cominciavano ad ingiallire, le ombre degli alberi avevano qualche cosa di festevole, e l'erba che vi cresceva era ancora verde e rugiadosa.

Verso il mezzogiorno sedettero al rezzo, per mangiare il loro pan nero e le loro cipolle bianche. Janu aveva anche del vino, del buon vino di Mascali che regalava a Nedda senza risparmio, e la povera ragazza, la quale non c'era avvezza, si sentiva la lingua grossa, e la testa assai pesante. Di tratto in tratto si guardavano e ridevano senza saper perché.

- Se fossimo marito e moglie si potrebbe tutti i giorni mangiare il pane e bere il vino insieme; - disse Janu con la bocca piena, e Nedda chinò gli occhi, perché egli la guardava in un certo modo.

Regnava il profondo silenzio del meriggio; le più piccole foglie erano immobili; le ombre erano rade; c'era per l'aria una calma, un tepore, un ronzio di insetti che pesava voluttuosamente sulle palpebre. Ad un tratto una corrente d'aria fresca, che veniva dal mare, fece sussurrare le cime più alte de' castagni.

- L'annata sarà buona pel povero e pel ricco, - disse Janu, - e se Dio vuole alla messe un po' di quattrini metterò da banda... e se tu mi volessi bene!... - e le porse il fiasco.

- No, non voglio più bere. - disse ella colle guance tutte rosse.

- O perché ti fai rossa? - diss'egli ridendo.

- Non te lo voglio dire.

- Perché hai bevuto!

- No!

- Perché mi vuoi bene? -

Ella gli diede un pugno sull'omero e si mise a ridere.

Da lontano si udì il raglio di un asino che sentiva l'erba fresca. - Sai perché ragliano gli asini? - domandò Janu.

- Dillo tu che lo sai.

- Sì che lo so; ragliano perché sono innamorati, - disse egli con un riso grossolano, e la guardò fiso.

Ella chinò gli occhi come se ci vedesse delle fiamme, e le sembrò che tutto il vino che aveva bevuto le montasse alla testa, e tutto l'ardore di quel cielo di metallo le penetrasse nelle vene.

- Andiamo via! - esclamò corrucciata, scuotendo la testa pesante.

- Che hai?

- Non lo so, ma andiamo via!

- Mi vuoi bene? -

Nedda chinò il capo.

- Vuoi essere mia moglie? -

Ella lo guardò serenamente, e gli strinse forte la mano callosa nelle sue mani brune, ma si alzò sui ginocchi che le tremavano per andarsene. Egli la trattenne per le vesti, tutto stravolto, e balbettando parole sconnesse, come non sapendo quel che si facesse.

Allorché si udì nella fattoria vicina il gallo che cantava, Nedda balzò in piedi di soprassalto, e si guardò attorno spaurita.

- Andiamo via! Andiamo via! - disse tutta rossa e frettolosa.

Quando fu per svoltare l'angolo della sua casuccia si fermò un momento trepidante, quasi temesse di trovare la sua vecchiarella sull'uscio deserto da sei mesi.

Venne la Pasqua, la gaia festa dei campi coi suoi falò giganteschi, colle sue allegre processioni fra i prati verdeggianti e sotto gli alberi carichi di fiori, colla chiesuola parata a festa, gli usci delle casipole incoronati di festoni, e le ragazze colle belle vesti nuove d'estate. Nedda fu vista allontanarsi piangendo dal confessionario, e non comparve fra le fanciulle inginocchiate dinanzi al coro che aspettavano la comunione. Da quel giorno nessuna ragazza onesta le rivolse più la parola, e quando andava a messa non trovava posto al solito banco, e bisognava che stesse tutto il tempo ginocchioni: - se la vedevano piangere, pensavano a chissà che peccatacci, e le volgevano le spalle inorridite: - e quelle che le davano da lavorare, ne approfittavano per scemarle il prezzo della giornata.

Ella aspettava il suo fidanzato che era andato a mietere alla Piana, raggruzzolare i quattrini che ci volevano a mettere su un po' di casa, e a pagare il signor curato.

Una sera, mentre filava, udì fermarsi all'imboccatura della viottola un carro da buoi, e si vide comparir dinanzi Janu pallido e contraffatto.

- Che hai? - gli disse.

- Son stato ammalato. Le febbri mi ripresero laggiù, in quella maledetta Piana; ho perso più di una settimana di lavoro, ed ho mangiato quei pochi soldi che avevo fatto -.

Ella rientrò in fretta, scucì il pagliericcio, e volle dargli quel piccolo gruzzolo che aveva legato in fondo ad una calza.

- No, - diss'egli. - Domani andrò a Mascalucia per la rimondatura degli ulivi, e non avrò bisogno di nulla. Dopo la rimondatura ci sposeremo -.

Egli aveva l'aria triste facendole questa promessa, e stava appoggiato allo stipite, col fazzoletto avvolto attorno al capo, e guardandola con certi occhi luccicanti.

- Ma tu hai la febbre! - gli disse Nedda.

- Sì, ma ora che son qui mi lascerà; ad ogni modo non mi coglie che ogni tre giorni -.

Ella lo guardava senza parlare, e sentiva stringersi il cuore, vedendolo così pallido e dimagrato. - E potrai reggerti sui rami alti? - gli domandò.

- Dio ci penserà! - rispose Janu. - Addio, non posso far aspettare il carrettiere che mi ha dato un posto sul suo carro dalla Piana sin qui. A rivederci presto! - e non si moveva. Quando finalmente se ne andò, ella lo accompagnò sino alla strada maestra, e lo vide allontanarsi, senza una lagrima, sebbene le sembrasse che stesse a vederlo partire per sempre; il cuore ebbe un'altra strizzatina, come una spugna non spremuta abbastanza - nulla più, ed egli la salutò per nome alla svolta della via.

Tre giorni dopo udì un gran cicaleccio per la strada. Si affacciò al muricciolo, e vide in mezzo ad un crocchio di contadini e di comari Janu disteso su di una scala a piuoli, pallido come un cencio lavato, e colla testa fasciata da un fazzoletto tutto sporco di sangue. Lungo la via dolorosa, prima di giungere al suo casolare, egli, tenendola per mano, le narrò come, trovandosi così debole per le febbri, era caduto da un'alta cima, e s'era concio in quel modo. - Il cuore te lo diceva: - mormorava con un triste sorriso. Ella l'ascoltava coi suoi grand'occhi spalancati, pallida come lui e tenendolo per mano. Il domani egli morì.

Allora Nedda, sentendo muoversi dentro di sé qualcosa che quel morto le lasciava come un triste ricordo, volle correre in chiesa a pregare per lui la Vergine Santa. Sul sacrato incontrò il prete che sapeva la sua vergogna, si nascose il viso nella mantellina e tornò indietro derelitta

Adesso, quando cercava del lavoro, le ridevano in faccia, non per schernire la ragazza colpevole, ma perché la povera madre non poteva più lavorare come prima. Dopo i primi rifiuti, e le prime risate, ella non osò cercare più oltre, e si chiuse nella sua casipola, al pari di un uccelletto ferito che va a rannicchiarsi nel suo nido. Quei pochi soldi raccolti in fondo alla calza se ne andarono l'un dopo l'altro, e dietro ai soldi la bella veste nuova, e il bel fazzoletto di seta. Lo zio Giovanni la soccorreva per quel poco che poteva, con quella carità indulgente e riparatrice senza la quale la morale del curato è ingiusta e sterile, e le impedì così di morire di fame. Ella diede alla luce una bambina rachitica e stenta; quando le dissero che non era un maschio pianse come aveva pianto la sera in cui aveva chiuso l'uscio del casolare dietro al cataletto che se ne andava, e s'era trovata senza la mamma; ma non volle che la buttassero alla Ruota.

- Povera bambina! Che incominci a soffrire almeno il più tardi che sia possibile! - disse.

Le comari la chiamavano sfacciata, perché non era stata ipocrita, e perché non era snaturata. Alla povera bambina mancava il latte, giacché alla madre scarseggiava il pane. Ella deperì rapidamente, e invano Nedda tentò spremere fra i labbruzzi affamati il sangue del suo seno. Una sera d'inverno, sul tramonto, mentre la neve fioccava sul tetto, e il vento scuoteva l'uscio mal chiuso, la povera bambina, tutta fredda, livida, colle manine contratte, fissò gli occhi vitrei su quelli ardenti della madre, diede un guizzo, e non si mosse più.

Nedda la scosse, se la strinse al seno con impeto selvaggio, tentò di scaldarla coll'alito e coi baci, e quando s'accorse che era proprio morta, la depose sul letto dove aveva dormito sua madre, e le s'inginocchiò davanti, cogli occhi asciutti e spalancati fuor di misura.

- Oh! benedette voi che siete morte! - esclamò. - Oh! benedetta voi, Vergine Santa! che mi avete tolto la mia creatura per non farla soffrire come me! --

JELI IL PASTORE

Jeli, il guardiano di cavalli, aveva tredici anni quando conobbe don Alfonso, il signorino; ma era così piccolo che non arrivava alla pancia della Bianca, la vecchia giumenta che portava il campanaccio della mandra. Lo si vedeva sempre di qua e di là, pei monti e nella pianura, dove pascolavano le sue bestie, ritto ed immobile su qualche greppo, o accoccolato su di un gran sasso. Il suo amico don Alfonso, mentre era in villeggiatura, andava a trovarlo tutti i giorni che Dio mandava a Tebidi, e dividevano fra di loro i buoni bocconi del padroncino, e il pane d'orzo del pastorello, o le frutta rubate al vicino. Dapprincipio, Jeli dava dell'eccellenza al signorino, come si usa in Sicilia, ma dopo che si furono accapigliati per bene, la loro amicizia fu stabilita solidamente. Jeli insegnava al suo amico come si fa ad arrampicarsi sino ai nidi delle gazze, sulle cime dei noci più alti del campanile di Licodia, a cogliere un passero a volo con una sassata, a montare correndo di salto sul dorso nudo delle giumente ancora indomite, acciuffando per la criniera la prima che passasse a tiro, senza lasciarsi sbigottire dai nitriti di collera dei puledri indomiti, e dai loro salti disperati. Ah! le belle scappate pei campi mietuti, colle criniere al vento! i bei giorni d'aprile, quando il vento accavallava ad onde l'erba verde, e le cavalle nitrivano nei pascoli! i bei meriggi d'estate, in cui la campagna, bianchiccia, taceva, sotto il cielo fosco, e i grilli scoppiettavano fra le zolle, come se le stoppie si incendiassero! il bel cielo d'inverno attraverso i rami nudi del mandorlo, che rabbrividivano al rovajo, e il viottolo che suonava gelato sotto lo zoccolo dei cavalli, e le allodole che trillavano in alto, al caldo, nell'azzurro! le belle sere di estate che salivano adagio adagio come la nebbia, il buon odore del fieno in cui si affondavano i gomiti, e il ronzìo malinconico degli insetti della sera, e quelle due note dello zufolo di Jeli, sempre le stesse - iuh! iuh! iuh! - che facevano pensare alle cose lontane, alla festa di San Giovanni, alla notte di Natale, all'alba della scampagnata, a tutti quei grandi avvenimenti trascorsi, che sembrano mesti, così lontani, e facevano guardare in alto, cogli occhi umidi, quasi tutte le stelle che andavano accendendosi in cielo vi piovessero in cuore, e l'allagassero!

Jeli, lui, non pativa di quelle malinconie; se ne stava accoccolato sul ciglione, colle gote enfiate, intentissimo a suonare - iuh! iuh! iuh! - Poi radunava il branco a furia di gridi e di sassate, e lo spingeva nella stalla, di là del poggio alla croce.

Ansando, saliva la costa, di là dal vallone, e gridava qualche volta al suo amico Alfonso: - Chiamati il cane! ohé, chiamati il cane! - oppure: - Tirami una buona sassata allo zaino, che mi fa il capriccioso, e se ne viene adagio adagio, gingillandosi colle macchie del vallone -; oppure: - Domattina portami un ago grosso, di quelli della gnà Lia -.

Ei sapeva fare ogni sorta di lavori coll'ago; e ci aveva un batuffoletto di cenci nella sacca di tela, per rattoppare al bisogno le brache e le maniche del giubbone; sapeva anche tessere dei treccioli di crini di cavallo, e si lavava anche da sé colla creta del vallone il fazzoletto che si metteva al collo, quando aveva freddo. Insomma, purché ci avesse la sua sacca ad armacollo, non aveva bisogno di nessuno al mondo, fosse stato nei boschi di Resecone, o perduto in fondo alla piana di Caltagirone. La gnà Lia, soleva dire: - Vedete Jeli il pastore? è stato sempre solo pei campi, come se l'avessero figliato le sue cavalle, ed e perciò che sa farsi la croce con le due mani! -

Del rimanente è vero che Jeli non aveva bisogno di nessuno, ma tutti quelli della fattoria avrebbero fatto volentieri qualche cosa per lui, poiché era un ragazzo servizievole, e ci era sempre il caso di buscarci qualche cosa da lui. La gnà Lia gli cuoceva il pane per amor del prossimo, ed ei la ricambiava con bei panierini di vimini per le ova, arcolai di canna, ed altre coserelle. - Facciamo come fanno le sue bestie, - diceva la gnà Lia, - che si grattano il collo a vicenda -.

A Tebidi tutti lo conoscevano da piccolo, che non si vedeva fra le code dei cavalli, quando pascolavano nel piano del lettighiere, ed era cresciuto, si può dire, sotto i loro occhi, sebbene nessuno lo vedesse mai, e ramingasse sempre di qua e di là col suo armento! "Era piovuto dal cielo, e la terra l'aveva raccolto" come dice il proverbio; proprio di quelli che non hanno né casa né parenti. La sua mamma stava a servire a Vizzini, e non lo vedeva altro che una volta all'anno, quando egli andava coi puledri alla fiera di San Giovanni; e il giorno in cui era morta, erano venuti a chiamarlo - un sabato sera - che il lunedì Jeli tornò alla mandra, sicché non ci rimise neppure la giornata; ma il povero ragazzo era ritornato così sconvolto che alle volte lasciava scappare i puledri nel seminato.

- Ohé, Jeli! - gli gridava allora massaro Agrippino dall'aja; - o che vuoi assaggiare le nerbate delle feste, figlio di cagna? - Jeli si metteva a correre dietro i puledri sbrancati, e li spingeva mogio mogio verso la collina. Però davanti agli occhi ci aveva sempre la sua mamma, col capo avvolto nel fazzoletto bianco, che non parlava più.

Suo padre faceva il vaccaro a Ragoleti di là di Licodia, "dove la malaria si poteva mietere" dicevano i contadini dei dintorni;

ma nei terreni di malaria i pascoli sono grassi, e le vacche non prendono le febbri. Jeli quindi se ne stava nei campi tutto l'anno, o a Donferrante, o nelle chiuse della commenda, o nella valle del Jacitano, e i cacciatori, o i viandanti che prendevano le scorciatoie, lo vedevano sempre qua e là, come un cane senza padrone. Ei non ci pativa, perché era avvezzo a stare coi cavalli che gli camminavano dinanzi, passo passo, brucando il trifoglio, e cogli uccelli che girovagavano a stormi, attorno a lui, tutto il tempo che il sole faceva il suo viaggio lento lento, sino a che le ombre si allungavano e poi si dileguavano; egli avea il tempo di veder le nuvole accavallarsi a poco a poco, e figurar monti e vallate; conosceva come spira il vento quando porta il temporale, e di che colore sia il nuvolo quando sta per nevicare. Ogni cosa aveva il suo aspetto e il suo significato, e c'era sempre che vedere e che ascoltare in tutte le ore del giorno. Così, verso il tramonto quando il pastore si metteva a suonare collo zufolo di sambuco, la cavalla mora si accostava masticando il trifoglio svogliatamente, e stava anch'essa a guardarlo, con i suoi grandi occhi pensierosi.

Dove soffriva soltanto un po' di malinconia era nelle lande deserte di Passanitello, in cui non sorge macchia né arbusto, e ne' mesi caldi non ci vola un uccello. I cavalli si radunavano in cerchio colla testa ciondoloni, per farsi ombra l'un l'altro, e nei lunghi giorni della trebbiatura quella gran luce silenziosa pioveva sempre uguale ed afosa per sedici ore.

Però dove il mangime era abbondante, e i cavalli indugiavano volentieri, il ragazzo si occupava con qualche altra cosa: faceva delle gabbie di canna per i grilli, delle pipe intagliate, e dei panierini di giunco, con quattro ramoscelli; sapeva rizzare un po' di tettoia, quando la tramontana spingeva per la valle le lunghe file dei corvi, o quando le cicale battevano le ali nel sole che abbruciava le stoppie; arrostiva le ghiande del querceto nella brace de' sarmenti di sommacco, che pareva di mangiare delle bruciate, o vi abbrustoliva le larghe fette di pane allorché cominciava ad avere la barba dalla muffa - poiché quando si trovava a Passanitello nell'inverno, le strade erano così cattive che alle volte passavano quindici giorni senza che si vedesse passare anima viva.

Don Alfonso, che era tenuto nel cotone dai suoi genitori, invidiava al suo amico Jeli la tasca di tela, dove ci aveva tutta la sua roba, il pane, le cipolle, il fiaschetto del vino, il fazzoletto pel freddo, il batuffoletto dei cenci col refe e gli aghi rossi, la scatoletta di latta coll'esca e la pietra focaja; gli invidiava pure la superba cavalla vajata, quella bestia dal ciuffetto di peli irti sulla fronte, che aveva gli occhi cattivi, e gonfiava le froge al pari di un mastino ringhioso quando qualcuno voleva montarla.

Da Jeli invece si lasciava montare e grattare le orecchie di cui era gelosa e l'andava fiutando per ascoltare quello che ei voleva dirle.

- Lascia stare la vajata, - gli raccomandava Jeli, - non è cattiva, ma non ti conosce -.

Dopo che Scordu il bucchierese si menò via la giumenta calabrese che aveva comprato a San Giovanni, col patto che gliela tenessero nell'armento sino alla vendemmia, il puledro zaino, rimasto orfano, non voleva darsi pace, e scorrazzava su pei greppi del monte, con lunghi nitriti lamentevoli, e colle froge al vento. Jeli gli correva dietro, chiamandolo con forti grida, e il puledro si fermava ad ascoltare, col collo teso e le orecchie irrequiete, sferzandosi i fianchi colla coda. - È perché gli hanno portato via la madre, e non sa più cosa si faccia - osservava il pastore. - Adesso bisogna tenerlo d'occhio, perché sarebbe capace di lasciarsi andar giù nel precipizio. Anch'io,

→ protection of other motherless animals

quando mi è morta la mia mamma, non ci vedevo più dagli occhi -.

Poi, dopo che il puledro ricominciò a fiutare il trifoglio, e a darvi qualche boccata di malavoglia, - Vedi, a poco a poco comincia a dimenticarsene.

- Ma anch'esso sarà venduto. I cavalli sono fatti per essere venduti; come gli agnelli nascono per andare al macello, e le nuvole portano la pioggia. Solo gli uccelli non hanno a far altro che cantare e volare tutto il giorno -.

Le idee non gli venivano nette e filate l'una dietro l'altra, ché di rado aveva avuto con chi parlare, e perciò non aveva fretta di scovarle e distrigarle in fondo alla testa, dove era abituato a lasciare che sbucciassero e spuntassero fuori a poco a poco, come fanno le gemme dei ramoscelli sotto il sole. - Anche gli uccelli, - soggiunse, - devono buscarsi il cibo, e quando la neve copre la terra se ne muoiono -.

Poi ci pensò su un pezzetto. - Tu sei come gli uccelli; ma quando arriva l'inverno, te ne puoi stare al fuoco, senza far nulla -.

Don Alfonso però rispondeva che anche lui andava a scuola, a imparare. Jeli allora sgranava gli occhi, e stava tutto orecchi se il signorino si metteva a leggere, e guardava il libro e lui in aria sospettosa, stando ad ascoltare, con quel lieve ammiccar di palpebre che indica l'intensità dell'attenzione nelle bestie che più si accostano all'uomo. Gli piacevano i versi che gli accarezzavano l'udito con l'armonia di una canzone incomprensibile, e alle volte aggrottava le ciglia, appuntava il mento, e sembrava che un gran lavorìo si stesse facendo nel suo interno; allora accennava di sì e di sì col capo, con un sorriso furbo, e si grattava la testa. Quando poi il signorino mettevasi a scrivere per far vedere quante cose sapeva fare, Jeli sarebbe rimasto delle giornate intere a guardarlo, e tutto a un tratto lasciava scappare un'occhiata sospettosa. Non poteva capacitarsi che si potesse poi ripetere sulla carta quelle parole che egli aveva dette, o che aveva dette don Alfonso, ed anche quelle cose che non gli erano uscite di bocca, talché lui finiva per tirarsi indietro, incredulo, e con un sorriso furbo.

Ogni idea nuova che gli picchiasse nella testa per entrare, lo metteva in sospetto, e pareva la fiutasse colla diffidenza selvaggia della sua vajata. Però non mostrava meraviglia di nulla al mondo: gli avessero detto che in città i cavalli andavano in carrozza, egli sarebbe rimasto impassibile, con quella maschera d'indifferenza orientale che è la dignità del contadino siciliano. Pareva che istintivamente si trincerasse nella sua ignoranza, come fosse la forza della povertà. Tutte le volte che rimaneva a corto di argomenti ripeteva: - Io non ne so nulla. - Io sono povero - con quel sorriso ostinato che voleva essere malizioso.

Aveva chiesto al suo amico Alfonso di scrivergli il nome di Mara su di un pezzetto di carta che aveva trovato chi sa dove, perché egli raccattava tutto quello che vedeva per terra, e se l'era messo nel batuffoletto dei cenci. Un giorno, dopo di esser stato un po' zitto, a guardare di qua e di là soprappensiero, gli disse serio serio:

- Io ci ho l'innamorata -.

Alfonso, malgrado che sapesse leggere, sgranava gli occhi. - Sì, - ripeté Jeli, - Mara, la figlia di massaro Agrippino che era qui; ed ora sta a Marineo, in quel gran casamento della pianura che si vede dal piano del lettighiere, lassù.

- O ti mariti dunque?

- Sì, quando sarò grande e avrò sei onze all'anno di salario. Mara non ne sa nulla ancora.

- Perché non gliel'hai detto? -

Jeli tentennò il capo, e si mise a riflettere. Poi svolse il batuffoletto e spiegò la carta che s'era fatta scrivere.

- È proprio vero che dice Mara; l'ha letto pure don Gesualdo, il campiere, e fra Cola, quando venne giù per la cerca delle fave.

- Uno che sappia scrivere, - osservò poi, - è come uno che serbasse le parole nella scatola dell'acciarino, e potesse portarsele in tasca, ed anche mandarle di qua e di là.

- Ora che ne farai di quel pezzetto di carta, tu che non sai leggere? - gli domandò Alfonso.

Jeli si strinse nelle spalle, ma continuò ad avvolgere accuratamente il suo fogliolino scritto nel batuffoletto dei cenci.

La Mara l'aveva conosciuta da bambina, che avevano cominciato dal picchiarsi ben bene, una volta che s'erano incontrati lungo il vallone, a cogliere le more nelle siepi di rovo. La ragazzina, la quale sapeva di essere "nel fatto suo", aveva agguantato pel collo Jeli, come un ladro. Per un po' s'erano scambiati dei pugni nella schiena, uno tu ed uno io, come fa il bottaio sui cerchi delle botti, ma quando furono stanchi andarono calmandosi a poco a poco, tenendosi sempre acciuffati.

- Tu chi sei? - gli domandò Mara.

E come Jeli, più selvatico, non diceva chi fosse:

- Io sono Mara, la figlia di massaro Agrippino, che è il campaio di tutti questi campi qui -.

Jeli allora lasciò la presa senza dir nulla, e la ragazzina si mise a raccattare le more che le erano cadute per terra, sbirciando di tanto il tanto il suo avversario con curiosità.

- Di là del ponticello, nella siepe dell'orto, ci son tante more grosse; - aggiunse la piccina, - e se le mangiano le galline -.

Jeli intanto si allontanava quatto quatto, e Mara, dopo che stette ad accompagnarlo cogli occhi finché poté vederlo nel querceto, volse le spalle anche lei, e se la diede a gambe verso casa.

Ma da quel giorno in poi cominciarono ad addomesticarsi. Mara andava a filare la stoppa sul parapetto del ponticello, e Jeli adagio adagio spingeva l'armento verso le falde del poggio del bandito. Da prima se ne stava in disparte ronzandole attorno, guardandola da lontano in aria sospettosa, e a poco a poco andava accostandosi coll'andatura guardinga del cane avvezzo alle sassate. Quando finalmente si trovavano accanto, ci stavano delle lunghe ore senza aprir bocca. Jeli osservando attentamente l'intricato lavorio della calza che la mamma aveva dato in compito alla Mara, oppure costei gli vedeva intagliare i bei zig zag sui bastoni del mandorlo. Poi se ne andavano l'uno di qua e l'altro di là, senza dirsi una parola, e la bambina, com'era in vista della casa, si metteva a correre, facendo levar alta la sottanella sulle gambette rosse.

Al tempo dei fichidindia poi si fissarono nel folto delle macchie, sbucciando dei fichi tutto il santo giorno. Vagabondavano insieme sotto i noci secolari, e Jeli bacchiava tante delle noci, che piovevano fitte come la gragnuola; la ragazzina si affaticava a raccattarne con grida di giubilo più che ne poteva, e poi scappava via, lesta lesta, tenendo tese le due cocche del grembiule, dondolandosi come una vecchietta.

Durante l'inverno Mara non osò mettere fuori il naso, in quel gran freddo. Alle volte, verso sera, si vedeva il fumo dei fuocherelli di sommacchi che Jeli andava facendo nel piano del lettighiere, o sul poggio di Macca, per non rimanere intirizzito al pari di quelle cinciallegre che la mattina trovava dietro un sasso, o al riparo di una zolla. Anche i cavalli ci trovavano piacere a ciondolare un po' la coda attorno al fuoco, e si stringevano fra di loro per star più caldi.

Col marzo tornarono le allodole nel piano, i passeri sul tetto, le foglie e i nidi nelle siepi, Mara riprese ad andare a spasso, in compagnia di Jeli, nell'erba soffice, tra le macchie in fiore, sotto gli alberi ancora nudi che cominciavano a punteggiarsi di verde. Jeli si ficcava negli spineti come un segugio, per andare a scovare delle nidiate di merli che guardavano sbalorditi coi loro occhietti di pepe; i due fanciulli portavano spesso nel petto della camicia dei piccoli conigli allora stanati, quasi nudi, ma dalle lunghe orecchie diggià inquiete; scorazzavano pei campi al seguito del branco dei cavalli, entrando nelle stoppie dietro i mietitori, passo passo coll'armento, fermandosi ogni volta che una giumenta si fermava a strappare una boccata d'erba. La sera, giunti al ponticello, se ne andavano l'una di qua e l'altro di là, senza dirsi addio.

Così passarono tutta l'estate. Intanto il sole cominciava a tramontare dietro il poggio alla croce, e i pettirossi gli andavano dietro verso la montagna, come imbruniva, seguendolo fra le macchie dei fichidindia. I grilli e le cicale non si udivano più, e in quell'ora per l'aria si spandeva come una gran malinconia.

In quel tempo arrivò al casolare di Jeli suo padre, il vaccaro, che aveva preso la malaria a Ragoleti, e non poteva nemmen reggersi sull'asino che lo portava. Jeli accese il fuoco, lesto lesto, e corse "alle case" per cercargli qualche uovo di gallina. - Piuttosto stendi un po' di strame vicino al fuoco, - gli disse suo padre, - ché mi sento tornare la febbre -.

⌐> Jeli's malaria stricken father returns

Il ribrezzo della febbre era così forte che compare Menu, seppellito sotto il suo gran tabarro, la bisaccia dell'asino, e la sacca di Jeli, tremava come fanno le foglie in novembre, davanti alla gran vampa di sarmenti che gli faceva il viso bianco bianco come un morto. I contadini della fattoria venivano a domandargli: - Come vi sentite, compare Menu? - Il poveretto non rispondeva altro che con un guaito, come fa un cagnuolo di latte. - È malaria di quella che ammazza meglio di una schioppettata - dicevano gli amici, scaldandosi le mani al fuoco.

Fu chiamato anche il medico, ma erano tutti denari sprecati, perché la malattia era di quelle chiare e conosciute che anche un ragazzo saprebbe curarla, e se la febbre non era di quelle che ammazzano ad ogni modo, col solfato si sarebbe guarita subito. Compare Menu ci spese gli occhi della testa in tanto solfato, ma era come buttarlo nel pozzo. - Prendete un buon decotto di ecalibbiso che non costa nulla, - suggeriva mastro Agrippino, - e se non serve a nulla come il solfato, almeno non vi rovinate a spendere -. Si prendeva anche il decotto di eucaliptus, eppure la febbre tornava sempre, anche più forte. Jeli assisteva il genitore come meglio sapeva. Ogni mattina, prima d'andarsene coi puledri, gli lasciava il decotto preparato nella ciotola, il fascio di sarmenti sotto la mano, le uova nella cenere calda, e tornava presto alla sera, colle altre legne per la notte, e il fiaschetto di vino, e qualche pezzetto di carne di montone che era corso a comperare sino a Licodia. Il povero ragazzo faceva ogni cosa con garbo, come una brava massaia, e suo padre, accompagnandolo cogli occhi stanchi nelle sue faccenduole qua e là pel casolare, di tanto in tanto sorrideva, pensando che il ragazzo avrebbe saputo aiutarsi, quando fosse rimasto solo. *→ his father's knowledge that he will be a successful orphan*

I giorni in cui la febbre cessava per qualche ora, compare Menu si alzava tutto stravolto e col capo stretto nel fazzoletto, e si metteva sull'uscio ad aspettare Jeli, mentre il sole era ancora caldo. Come Jeli lasciava cadere accanto all'uscio il fascio della legna, e posava sulla tavola il fiasco e le uova, ei gli diceva: - Metti a bollire l'ecalibbiso per stanotte -; oppure; - Guarda che l'oro di tua madre l'ha in consegna la zia Agata, quando non ci sarò più io -. E Jeli diceva di sì col capo.

- È inutile - ripeteva massaro Agrippino ogni volta che tornava a vedere compare Menu colla febbre. - Il sangue oramai è tutto una peste -. Compare Menu ascoltava senza batter palpebra, col viso più bianco della sua berretta.

Diggià non si alzava più. Jeli si metteva a piangere quando non gli bastavano le forze per aiutarlo a voltarsi da un lato all'altro; poco per volta compare Menu finì per non parlare nemmen più. Le ultime parole che disse al suo ragazzo furono:

- Quando sarò morto, andrai dal padrone delle vacche, a Ragoleti, e ti farai dare le tre onze e i dodici tumoli di frumento che avanzo da maggio a questa parte.

- No, - rispose Jeli, - sono soltanto due onze e quindici, perché avete lasciato le vacche che è più di un mese, e bisogna fare il conto giusto col padrone.

- È vero! - affermò compare Menu socchiudendo gli occhi.

- Ora son proprio solo al mondo come un puledro smarrito, che se lo possono mangiare i lupi! - pensò Jeli quando gli ebbero portato il babbo al cimitero di Licodia.

Mara era venuta a vedere anche lei la casa del morto, colla curiosità inquieta che destano le cose spaventose.

- Vedi come son rimasto? - le disse Jeli.

La ragazzetta si tirò indietro sbigottita, per paura che non la facesse entrare nella casa dove era stato il morto.

Jeli andò a riscuotere il danaro del babbo, e se ne partì coll'armento per Passanitello, dove l'erba era già alta sul terreno lasciato pel maggese, e il mangime era abbondante; perciò i puledri vi restarono a pascolarvi per molto tempo. Frattanto Jeli s'era fatto grande, ed anche Mara doveva esser cresciuta, pensava egli sovente, mentre suonava il suo zufolo; poi quando tornò a Tebidi, dopo tanto tempo, spingendosi innanzi adagio adagio le giumente per i viottoli sdrucciolevoli della fontana dello zio Cosimo, andava cercando cogli occhi il ponticello del vallone, e il casolare nella valle del Jacitano, e il tetto delle case grandi, su cui svolazzavano sempre i colombi. Ma in quel tempo il padrone aveva licenziato massaro Agrippino e tutta la famiglia di Mara stava soleggiando. Jeli trovò la ragazza, la quale s'era fatta grandicella e belloccia, alla porta del cortile, che teneva d'occhio la sua roba, mentre la caricavano sulla carretta. Ora la stanza vuota sembrava più scura e affumicata del solito. La tavola, e il letto, e il cassettone, e le immagini della Vergine e di San Giovanni, e fino i chiodi per appendervi le zucche delle sementi, ci avevano lasciato il segno sulle pareti dove erano state per tanti anni. - Andiamo via, - gli disse Mara come lo vide osservare. - Ce ne andiamo laggiù a Marineo, dove c'è quel gran casamento, nella pianura -.

Jeli si diede ad aiutare massaro Agrippino e la gnà Lia nel caricare la carretta, e allorché non ci fu altro da portare via dalla stanza, andò a sedere con Mara sul parapetto dell'abbeveratojo. - Anche le case, - le disse, quand'ebbe visto accatastare l'ultima cesta sulla carretta, - anche le case, come se ne toglie via la loro roba, non sembrono più quelle.

- A Marineo, - rispose Mara, - ci avremo una camera più bella, ha detto la mamma, e grande come il magazzino dei formaggi.

- Ora che tu sarai via, non voglio venirci più qui; ché mi parrà di esser tornato l'inverno, a veder quell'uscio chiuso.

- A Marineo invece troveremo dell'altra gente, Pudda la rossa, e la figlia del campiere; si starà allegri, per la messe verranno più di ottanta mietitori, colla cornamusa, e si ballerà sull'aja -.

Massaro Agrippino e sua moglie si erano avviati colla carretta, Mara correva loro dietro tutta allegra, portando il paniere coi piccioni. Jeli volle accompagnarla sino al ponticello, e quando Mara stava per scomparire nella vallata la chiamò: - Mara! oh, Mara!

- Che vuoi? - disse Mara.

Egli non lo sapeva che voleva. - O tu, cosa farai qui tutto solo? - gli domandò allora la ragazza.

- Io resto coi puledri -.

Mara se ne andò saltellando, e lui rimase lì fermo, finché poté udire il rumore della carretta che rimbalzava sui sassi. Il sole toccava le rocce alte del poggio alla croce, le chiome grigie degli ulivi sfumavano nel crepuscolo, e per la campagna vasta, lontan lontano, non si udiva altro che il campanaccio della bianca nel silenzio che si allargava.

Mara, come se ne fu andata a Marineo, in mezzo alla gente nuova, e alle faccende della vendemmia, si scordò di lui; ma Jeli ci pensava sempre a lei, perché non aveva altro da fare, nelle lunghe giornate che passava a guardare la coda delle sue bestie. Adesso non aveva poi motivo alcuno per calar nella valle, di là del ponticello, e nessuno lo vedeva più alla fattoria. In tal modo ignorò per un pezzo che Mara si era fatta sposa, giacché dell'acqua intanto ne era passata e passata sotto il ponticello. Egli rivide soltanto la ragazza il dì della festa di San Giovanni, come andò alla fiera coi puledri da vendere: una festa che gli si mutò tutta in veleno, e gli fece cascar il pan di bocca, per un accidente toccato ad uno dei puledri del padrone, Dio ne scampi.

Il giorno della fiera il fattore aspettava i puledri sin dall'alba, andando su e giù cogli stivali inverniciati dietro le groppe dei cavalli e dei muli, messi in fila di qua e di là dello stradone. La fiera era già sul finire, né Jeli spuntava ancora colle bestie, di là del gomito che faceva lo stradone. Sulle pendici riarse del calvario e del mulino a vento, rimaneva tuttora qualche branco di pecore, strette in cerchio col muso a terra e l'occhio spento, e qualche pariglia di buoi dal pelo lungo, di quegli che si vendono per pagare il fitto delle terre, che aspettavano immobili, sotto il sole cocente. Laggiù, verso la valle, la campana di San Giovanni suonava la messa grande, accompagnata dal lungo crepitìo dei mortaletti. Allora il campo della fiera sembrava trasalire, e correva un gridìo che si prolungava fra le tende dei trecconi schierate nella salita dei

Galli, scendeva per le vie del paese, e sembrava ritornare dalla valle dov'era la chiesa. - Viva San Giovanni! - Santo diavolone! - strillava il fattore, - quell'assassino di Jeli mi farà perdere la fiera! -

Le pecore levavano il muso attonito, e si mettevano a belare tutte in una volta, e anche i buoi facevano qualche passo lentamente, guardando in giro, con grandi occhi intenti.

Il fattore era così in collera perché quel giorno dovevasi pagare il fitto delle chiuse grandi, "come San Giovanni fosse arrivato sotto l'olmo", diceva il contratto, e a completare la somma si era fatto assegnamento sulla vendita dei puledri. Intanto di puledri, e cavalli, e muli, ce n'erano quanti il Signore ne aveva fatti, tutti strigliati e lucenti, e ornati di fiocchi, e nappine, e sonagli, che scodinzolavano per scacciare la noia, e voltavano la testa verso ognuno che passava, come aspettassero un'anima caritatevole che volesse comprarli.

- Si sarà messo a dormire, quell'assassino! - seguita a gridare il fattore; - e mi lascia i puledri sulla pancia! -

Invece Jeli aveva camminato tutta la notte, acciocché i puledri arrivassero freschi alla fiera, e prendessero un buon posto nell'arrivare, ed era giunto al piano del corvo che ancora i tre re non erano tramontati, e luccicavano sul monte Arturo, colle braccia in croce. Per la strada passavano continuamente carri, e gente a cavallo, che andavano alla festa; per questo il giovanetto teneva ben aperti gli occhi, acciò i puledri, spaventati dall'insolito via vai, non si sbandassero, ma andassero uniti lungo il ciglione della strada, dietro la bianca che camminava diritta e tranquilla, col campanaccio al collo. Di tanto in tanto, allorché la strada correva sulla sommità delle colline, si udiva sin lassù la campana di San Giovanni, che anche nel bujo e nel silenzio della campagna arrivava la festa, e per tutto lo stradone, lontan lontano, sin dove c'era gente a piedi o a cavallo che andava a Vizzini, si udiva gridare: - Viva San Giovanni! - e i razzi salivano diritti e lucenti dietro i monti della Canziria, come le stelle che piovono in agosto.

- È come la notte di Natale! - andava dicendo Jeli al ragazzo che l'aiutava a condurre il branco, - che in ogni fattoria si fa festa e luminaria, e per tutta la campagna si vedono qua e là dei fuochi -.

Il ragazzo sonnecchiava, spingendo adagio adagio una gamba dietro l'altra, e non rispondeva nulla; ma Jeli che si sentiva rimescolare tutto il sangue da quella campana, non poteva star zitto, come se ognuno di quei razzi che strisciavano sul bujo taciti e lucenti dietro il monte gli sbocciassero dall'anima.

- Mara sarà andata anche lei alla festa di San Giovanni, - diceva, - perché ci va tutti gli anni -.

E senza curarsi che Alfio, il ragazzo, non rispondesse nulla:

- Tu non sai? ora Mara è alta così, che è più grande di sua madre che l'ha fatta, e quando l'ho rivista non mi pareva vero che fosse proprio quella stessa con cui si andava a cogliere i fichidindia, e a bacchiare le noci -.

E si mise a cantare ad alta voce tutte le canzoni che sapeva.

- O Alfio, che dormi? - gli gridò quando ebbe finito. - Bada che la bianca ti vien sempre dietro, bada!

- No, non dormo! - rispose Alfio con voce rauca.

- La vedi la puddara, che sta ad ammiccarci lassù, verso Granvilla, come sparassero dei razzi anche a Santa Domenica? Poco può passare a romper l'alba; pure alla fiera arriveremo in tempo per trovare un buon posto. Ehi, morellino bello! che ci avrai la cavezza nuova, colle nappine rosse, per la fiera! e anche tu, stellato!

Così andava parlando all'uno e all'altro dei puledri, perché si rinfrancassero sentendo la sua voce al bujo. Ma gli doleva che lo stellato e il morellino andassero alla fiera per esser venduti.

- Quando saran venduti, se ne andranno col padrone nuovo, e non si vedranno più nella mandria, com'è stato di Mara, dopo che se ne fu andata a Marineo.

- Suo padre sta benone laggiù a Marineo; ché quando andai a trovarli mi misero dinanzi pane, vino, formaggio, e ogni ben di Dio, perché egli è quasi il fattore, ed ha le chiavi di ogni cosa, e avrei potuto mangiarmi tutta la fattoria, se avessi voluto. Mara non mi conosceva quasi più da tanto che non mi vedeva! e si mise a gridare: "Oh! guarda! è Jeli, il guardiano dei cavalli, quello di Tebidi!". Gli è come quando uno torna da lontano, che al vedere soltanto il cocuzzolo di un monte, gli basta a riconoscere subito il paese dove è cresciuto. La gnà Lia non voleva che le dessi più del tu, alla Mara, ora che sua figlia si è fatta grande, perché la gente che non sa nulla, chiacchiera facilmente. Mara invece rideva, e sembrava che avesse infornato il pane allora allora, tanto era rossa; apparecchiava la tavola, e spiegava la tovaglia che non pareva più quella. "O che ti rammenti più di Tebidi?" le chiesi appena la gnà Lia fu sortita per spillare del vino fresco dalla botte. "Sì, sì, me ne rammento", mi disse ella "a Tebidi c'era la campana, col campanile che pareva un manico di saliera, e si suonava dal ballatoio, e c'erano pure due gatti di sasso, che facevano le fusa sul cancello del giardino". Io me le sentivo qui dentro tutte quelle cose, come ella andava dicendole. Mara mi guardava da capo a piedi con tanto d'occhi, e tornava a dire: "Come ti sei fatto grande!" e si mise pure a ridere, e mi diede uno scapaccione qui, sulla testa -.

In tal modo Jeli, il guardiano dei cavalli, perdette il pane, perché giusto in quel punto sopravveniva all'improvviso una carrozza che non si era udita prima, mentre saliva l'erta passo passo, e si era messa al trotto com'era giunta al piano, con gran strepito di frusta e di sonagli, quasi la portasse il diavolo. I puledri, spaventati, si sbandarono in un lampo, che pareva un terremoto, e ce ne vollero delle chiamate, e delle grida e degli ohi! ohi! ohi! di Jeli e del ragazzo prima di raccoglierli attorno alla bianca, la quale anch'essa trotterellava svogliatamente, col campanaccio al collo. Appena Jeli ebbe contato le sue bestie, si accorse che mancava lo stellato, e si cacciò le mani nei capelli, perché in quel posto la strada correva lungo il burrone, e fu nel burrone che lo stellato si fracassò le reni, un puledro che valeva dodici onze come dodici angeli del paradiso! Piangendo e gridando Jeli andava chiamando il puledro - ahu! ahu! ahu! - che non ci si vedeva ancora. Lo stellato rispose finalmente dal fondo del burrone, con un nitrito doloroso, come avesse avuto la parola, povera bestia!

- Oh! mamma mia! - andavano gridando Jeli e il ragazzo. - Oh! che disgrazia, mamma mia! -

I viandanti che andavano alla festa, e sentivano piangere a quel modo in mezzo al buio, domandavano cosa avessero perso, e poi, come sapevano di che si trattava, andavano per la loro strada.

Lo stellato rimaneva immobile dove era caduto, colle zampe in aria, e mentre Jeli l'andava tastando per ogni dove, piangendo e parlandogli quasi avesse potuto farsi intendere, la povera bestia rizzava il collo penosamente, e voltava la testa verso di lui, che si udiva l'anelito rotto dallo spasimo.

- Qualche cosa si sarà rotto! - piagnucolava Jeli, disperato di non poter vedere nulla pel buio; e il puledro inerte come un sasso lasciava ricadere il capo di peso. Alfio rimasto sulla strada a custodia del branco, s'era rasserenato per il primo, e aveva tirato fuori il pane dalla sacca. Ora il cielo s'era fatto bianchiccio, e i monti tutto intorno parevano che spuntassero ad uno ad uno, neri ed alti. Dalla svolta dello stradone si cominciava a scorgere il paese, col monte del calvario e del mulino a vento stampato sull'albore, ancora foschi, seminati dalle chiazze bianche delle pecore, e come i buoi che pascolavano sul cocuzzolo del monte, nell'azzurro, andavano di qua e di là, sembrava che il profilo del monte stesso si animasse e formicolasse di vita. La campana, dal fondo del burrone, non si udiva più, i viandanti si erano fatti più rari, e quei pochi che passavano avevano fretta di arrivare alla fiera. Il povero Jeli non sapeva a qual santo votarsi in quella solitudine: lo stesso Alfio, da solo, non poteva giovargli per niente; perciò costui andava sbocconcellando pian piano il suo pezzo di pane.

Finalmente si vede venire a cavallo il fattore, il quale da lontano stripitava e bestemmiava accorrendo, al vedere gli animali fermi sulla strada, sicché lo stesso Alfio se la diede a gambe per la collina. Ma Jeli non si mosse d'accanto allo stellato. Il fattore lasciò la mula sulla strada, e scese nel burrone anche lui, cercando di aiutare il puledro ad alzarsi, e tirandolo per la coda. - Lasciatelo stare! - diceva Jeli, bianco in viso come se si fosse fracassate le reni lui. - Lasciatelo stare! Non vedete che non si può muovere, povera bestia? -

Lo stellato infatti ad ogni movimento, e ad ogni sforzo che gli facevano fare, metteva un rantolo che pareva un cristiano. Il fattore si sfogava a calci e scapaccioni su di Jeli, e tirava pei piedi gli angeli e i santi del paradiso. Allora Alfio più rassicurato era tornato sulla strada, per non lasciare le bestie senza custodia, e badava a scolparsi dicendo:

- Io non ci ho colpa. Io andavo innanzi colla bianca.

- Qui non c'è più nulla da fare, - disse alfine il fattore, dopo che si persuase che era tutto tempo perso. - Qui non se ne può prendere altro che la pelle, finch'è buona -.

Jeli si mise a tremare come una foglia, quando vide il fattore andare a staccare lo schioppo dal basto della mula. - Levati di lì, paneperso! - gli urlò il fattore, - che non so chi mi tenga dallo stenderti per terra accanto a quel puledro che valeva assai più di te, con tutto il battesimo porco che ti diede quel prete ladro! -

Lo stellato, non potendosi muovere, volgeva il capo con grandi occhi sbarrati, quasi avesse inteso ogni cosa, e il pelo gli si arricciava ad onde, lungo le costole; sembrava ci corresse sotto un brivido. In tal modo il fattore uccise sul luogo lo stellato, per cavarne almeno la pelle, e il rumore fiacco che fece dentro le carni vive il colpo tirato a bruciapelo parve a Jeli di sentirselo dentro di sé.

↳ the steward kills star

- Ora, se vuoi sapere il mio consiglio, - gli lasciò detto il fattore, - cerca di non farti vedere più dal padrone per quel salario che avanzi, perché te lo pagherebbe salato assai! -

Il fattore se ne andò insieme ad Alfio, cogli altri puledri che non si voltavano nemmeno a vedere dove rimanesse lo stellato, e andavano strappando l'erba dal ciglione. E lo stellato rimase solo nel burrone, aspettando che venissero a scuoiarlo, cogli occhi ancora spalancati, e le quattro zampe distese, beato lui, che non penava più infine.

Jeli, ora che aveva visto con qual ceffo il fattore aveva preso di mira il puledro e tirato il colpo, mentre la povera bestia volgeva la testa penosamente, quasi avesse il giudizio, smise di piangere, e se ne stette a guardare lo stellato, duro duro, seduto sul sasso, fin quando arrivarono gli uomini che dovevano prendersi la pelle.

Adesso poteva andarsene a spasso, a godersi la festa, o starsene in piazza tutto il giorno, a vedere i galantuomini nel casino, come meglio gli piaceva, ché non aveva più né pane, né tetto, e bisognava cercarsi un padrone, se pure qualcuno lo voleva, dopo la disgrazia dello stellato.

Le cose del mondo vanno così: mentre Jeli andava cercando un padrone, colla sacca ad armacollo e il bastone in mano, la banda suonava in piazza allegramente, coi pennacchi sul cappello, in mezzo a una folla di berrette bianche fitte come le mosche, e i galantuomini stavano a godersela seduti nel casino. Tutta la gente era vestita da festa, come gli animali della fiera, e in un canto della piazza c'era una donna colla gonnella corta e le calze color di carne che pareva colle gambe nude, e picchiava sulla gran cassa, davanti a un gran lenzuolo dipinto, dove si vedeva una carneficina di cristiani, col sangue che colava a fiumi, e nella folla che stava a guardare a bocca aperta c'era pure massaro Cola, il quale conosceva Jeli da quando stava a Passanitello, e gli disse che il padrone glielo avrebbe trovato lui, poiché compare Isidoro Macca cercava un guardiano per i porci. - Però non dir nulla dello stellato, - gli raccomandò massaro Cola. - Una disgrazia come quella può accadere a tutti, nel mondo, ma è meglio non parlarne -.

Andarono perciò a cercare compare Macca, il quale era al ballo, e nel tempo che massaro Cola entrò a fare l'ambasciata, Jeli aspettò sulla strada, in mezzo alla folla che stava a guardare dalla porta della bottega. Nella stanzaccia c'era un mondo di gente, che saltava e si divertiva, tutti rossi e scalmanati, e facevano un gran pestare di scarponi sull'ammattonato, che non si udiva nemmeno il ron-ron del contrabasso, e appena finiva una suonata, che costava un grano, levavano il dito per far segno che ne volevano un'altra; e quello del contrabasso faceva una croce col carbone sulla parete, per memoria, e cominciava da capo. - Questi li spendono senza pensarci, - s'andava dicendo Jeli, - e vuol dire che hanno la tasca piena, e non sono in angustia come me, per difetto di un padrone, se sudano e s'affannano a saltare per loro piacere, quasi fossero presi a giornata! - Massaro Cola tornò dicendo che compare Macca non aveva bisogno di nulla. Allora Jeli volse le spalle e se ne andò mogio mogio.

Ma stava di casa verso Sant'Antonio, dove le case s'arrampicano sul monte, di fronte al vallone della Canziria, tutto verde di fichidindia, e colle ruote dei mulini che spumeggiavano in fondo, nel torrente; ma Jeli non ebbe il coraggio di andare da quelle parti, ora che non l'avevano voluto nemmeno per guardare i porci e girandolando in mezzo alla folla che lo urtava e lo spingeva senza curarsi di lui, gli pareva di essere più solo di quando era coi puledri nelle lande di Passanitello, e si sentiva voglia di piangere. Finalmente massaro Agrippino lo incontrò nella piazza, che andava di qua e di là colle braccia ciondoloni, godendosi la festa, e cominciò a gridargli dietro: - Oh Jeli! oh! - e se lo menò a casa. Mara era in gran gala, con tanto d'orecchini che le sbattevano sulle guance, e stava sull'uscio, colle mani sulla pancia, cariche d'anelli, ad aspettare che imbrunisse per andare a vedere i fuochi. - Oh! - gli disse Mara, - sei venuto anche tu per la festa di San Giovanni! -

Jeli veramente non osava entrare, perché era vestito male; però massaro Agrippino lo spinse per le spalle, dicendogli che non si vedevano allora per la prima volta, e che si sapeva che era venuto per la fiera coi puledri del padrone. La gnà Lia gli versò un bel bicchiere di vino, e vollero condurlo con loro a veder la luminaria, insieme alle comari ed ai vicini.

Arrivando in piazza, Jeli rimase a bocca aperta dalla meraviglia: tutta quanta era un mare di fuoco, come quando s'incendiano le stoppie, per il gran numero di razzi che i devoti accendevano in cospetto del santo, il quale stava a goderseli dall'imboccatura del Rosario, tutto nero sotto il baldacchino d'argento. I devoti andavano e venivano fra le fiamme come tanti diavoli, e c'era persino una donna discinta, spettinata, cogli occhi fuori della testa, che accendeva i razzi anch'essa, e un prete colla sottana in aria, senza cappello, che pareva un ossesso dalla devozione.

- Quello lì è il figliuolo di massaro Neri, il fattore della Salonia, e spende più di dieci lire di razzi! - diceva la gnà Lia, accennando a un giovinotto che andava in giro per la piazza tenendo due razzi alla volta nelle mani, come due candele, sicché tutte le donne se lo mangiavano cogli occhi, e gli gridavano: - Viva San Giovanni.

- Suo padre è ricco e possiede più di venti capi di bestiame, - aggiunse massaro Agrippino.

Mara sapeva pure che aveva portato lo stendardo grande nella processione, e lo reggeva diritto come un fuso, tanto era forte e bel giovane.

Il figlio di massaro Neri pareva che sentisse quei discorsi, e accendesse i razzi per la Mara, facendo la ruota dinanzi a lei; tanto che dopo i fuochi si accompagnò con loro, e li condusse al ballo, e al cosmorama, dove si vedeva il mondo vecchio e il mondo nuovo, pagando lui, beninteso, anche per Jeli, il quale andava dietro la comitiva come un cane senza padrone, a veder ballare il figlio di massaro Neri colla Mara, la quale girava in tondo e si accoccolava come una colombella in amore, e teneva tesa con bel garbo una cocca del grembiale. Il figlio di massaro Neri, lui, saltava come un puledro, tanto che la gnà Lia piangeva dalla consolazione, e massaro Agrippino faceva cenno di sì col capo, che la cosa andava bene.

Infine, quando furono stanchi, se ne andarono di qua e di là nel passeggio, trascinati dalla folla quasi fossero in mezzo a una fiumana, a vedere i trasparenti illuminati, dove tagliavano il collo a San Giovanni, che avrebbe fatto pietà agli stessi turchi, e il santo sgambettava come un capriuolo sotto la mannaia. Lì vicino c'era la banda che suonava, sotto un gran paracqua di legno tutto illuminato, e nella piazza una folla tanto stipata che mai s'erano visti tanti cristiani a una fiera.

Mara andava al braccio del figlio di massaro Neri come una signorina, e gli parlava nell'occhio, e rideva che pareva si divertisse assai. Jeli non ne poteva più dalla stanchezza, e si mise a dormire seduto sul marciapiede, fin quando lo svegliarono i primi petardi del fuoco d'artifizio. In quel momento Mara era sempre al fianco del figlio di massaro Neri, gli si appoggiava colle due mani intrecciate sulla spalla, e al lume dei fuochi colorati sembrava ora tutta bianca ed ora tutta rossa. Quando scapparono pel cielo gli ultimi razzi in mucchio, il figlio di massaro Neri, si voltò verso di lei, bianca in viso, e le diede un bacio.

Jeli non disse nulla, ma in quel punto gli si cambiò in veleno tutta la festa che aveva goduto sin allora, e tornò a pensare a tutte le sue disgrazie, che gli erano uscite di mente - e che era rimasto senza padrone, e che non sapeva più che fare né dove andare, e che non aveva più né pane né tetto, - insomma che era meglio andare a buttarsi nel burrone, come lo stellato, che se lo mangiavano i cani a quell'ora.

Intanto attorno a lui la gente era allegra. Mara colle compagne saltava, e cantava per la stradicciuola sassosa, mentre tornavano a casa.

- Buona notte! Buona notte! - andavano dicendo le compagne, a misura che si lasciavano per la strada.

Mara dava la buona notte, che pareva che cantasse, tanta contentezza ci aveva nella voce, e il figlio di massaro Neri poi sembrava proprio imbestialito e non volesse lasciarla più, mentre massaro Agrippino e la gnà Lia litigavano nell'aprire l'uscio di casa. Nessuno badava a Jeli, soltanto massaro Agrippino si rammentò di lui, e gli chiese:

- Ed ora dove andrai?

- Non lo so, - disse Jeli.

- Domani vieni a trovarmi, e t'aiuterò a cercar d'allogarti. Per stanotte torna in piazza dove siamo stati a sentir suonare la banda; un posto su qualche panchetta lo troverai, e a dormire allo scoperto tu devi esserci avvezzo -.

Sì che c'era avvezzo, ma quello che gli dava maggior pena era che Mara non gli dicesse nulla, e lo lasciasse a quel modo sull'uscio come un pezzente; tanto che glielo disse, il giorno dopo, appena poté trovarla in casa un momento sola:

- Oh, gnà Mara! come li scordate gli amici!

- Oh, sei tu Jeli? - disse Mara. - No, io non ti ho scordato. Ma ero così stanca dopo i fuochi!

- Gli volete bene almeno, al figlio di massaro Neri? - chiese lui voltando e rivoltando il bastone fra le mani.

- Che discorsi andate facendo! - rispose bruscamente la gnà Mara. - Mia madre è di là che sente tutto -.

Massaro Agrippino gli trovò da allogarlo come pecoraio alla Salonia, dov'era fattore massaro Neri, ma siccome Jeli era poco pratico del mestiere si dovette contentare di un salario assai magro.

Adesso badava alle sue pecore, e ad imparare come si fa il formaggio, e la ricotta, e il caciocavallo, e ogni altro frutto di mandra; ma fra le chiacchiere che correvano alla sera nel cortile tra gli altri pastori e contadini, mentre le donne sbucciavano le fave della minestra, se si veniva a parlare del figlio di massaro Neri, il quale si prendeva in moglie Mara di massaro Agrippino, Jeli non diceva più nulla, e nemmeno osava di aprir bocca. Una volta che il campaio lo motteggiò, dicendogli che Mara non aveva voluto saperne più di lui, dopo che tutti avevano detto che sarebbero stati marito e moglie, Jeli che badava alla pentola in cui bolliva il latte, rispose facendo sciogliere il caglio adagio adagio:

- Ora Mara si è fatta più bella col crescere, che sembra una signora -.

Però siccome egli era paziente e laborioso, imparò presto ogni cosa del mestiere meglio di uno che ci fosse nato, e siccome era avvezzo a star colle bestie, amava le sue pecore come se le avesse fatte lui, e quindi il male alla Salonia non faceva tanta strage, e la mandra prosperava ch'era un piacere per massaro Neri, tutte le volte che veniva alla fattoria, tanto che ad anno nuovo si persuase ad indurre il padrone perché aumentasse il salario di Jeli, sicché costui venne ad avere quasi quello che prendeva col fare il guardiano dei cavalli. Ed erano danari bene spesi, ché Jeli non badava a contar le miglia e le miglia per cercare i migliori pascoli ai suoi animali, e se le pecore figliavano o erano malate se le portava a pascolare dentro le bisacce dell'asinello, e si recava in collo gli agnelli che gli belavano sulla faccia, col muso fuori del sacco, e gli poppavano le orecchie. Nella nevigata famosa della notte di Santa Lucia la neve cadde alta quattro palmi nel lago morto alla Salonia, e tutto all'intorno per miglia e miglia che non si vedeva altro per tutta la campagna, come venne il giorno. - Quella volta sarebbe stata la rovina di massaro Neri, come fu per tanti altri del paese, se Jeli non si fosse alzato nella notte tre o quattro volte a cacciare le pecore pel chiuso, così le povere bestie si scuotevano la neve di dosso, e non rimasero seppellite come tante ce ne furono nelle mandre vicine - a quel che disse massaro Agrippino quando venne a dare un'occhiata ad un campicello di fave che ci aveva alla Salonia, e disse pure che di quell'altra storia del figlio di massaro Neri, il quale doveva sposare sua figlia Mara, non era vero niente, ché Mara aveva tutt'altro per il capo.

- Se avevano detto che dovevano sposarsi a Natale! - disse Jeli.

- Non vero niente, non dovevano sposare nessuno! tutte chiacchiere di gente invidiosa che si immischia negli affari altrui! - rispose massaro Agrippino.

Però il campaio, il quale la sapeva più lunga, per averne sentito parlare in piazza, quando andava in paese la domenica, raccontò invece la cosa tale e quale com'era, dopo che massaro Agrippino se ne fu andato: non si sposavano più perché il figlio di massaro Neri aveva risaputo che Mara di massaro Agrippino se la intendeva con don Alfonso, il signorino, il quale aveva conosciuta Mara da piccola; e massaro Neri aveva detto che il suo ragazzo voleva che fosse onorato come suo padre, e delle corna in casa non le voleva altre che quelle dei suoi buoi.

Jeli era lì presente anche lui, seduto in circolo cogli altri a colazione, e in quel momento stava affettando il pane. Egli non disse nulla, ma l'appetito gli andò via per quel giorno.

Mentre conduceva al pascolo le pecore tornò a pensare a Mara, quando era ragazzina, che stavano insieme tutto il giorno e andavano nella valle del Jacitano e sul poggio alla croce, ed ella stava a guardarlo col mento in aria mentre egli si arrampicava a prendere i nidi sulle cime degli alberi; e pensava anche a don Alfonso, il quale veniva a trovarlo dalla villa vicina, e si sdraiavano bocconi sull'erba a stuzzicare con un fuscellino i nidi di grilli. Tutte quelle cose andava rimuginando per ore ed ore, seduto sull'orlo del fossato, tenendosi i ginocchi fra le braccia, e i noci alti di Tebidi, e le folte macchie dei valloni, e le pendici delle colline verdi di sommacchi, e gli ulivi grigi che si addossavano nella valle come nebbia, e i tetti rossi del casamento, e il campanile "che sembrava un manico di saliera" fra gli aranci del giardino. - Qui la campagna gli si stendeva dinanzi brulla, deserta, chiazzata dall'erba riarsa, sfumando silenziosa nell'afa lontana.

In primavera, appena i baccelli delle fave cominciavano a piegare il capo, Mara venne alla Salonia col babbo e la mamma, e il ragazzo e l'asinello, a raccogliere le fave, e tutti insieme vennero a dormire alla fattoria pei due o tre giorni che durò la raccolta. Jeli in tal modo vedeva la ragazza mattina e sera, e spesso sedevano accanto al muricciolo dell'ovile, a discorrere insieme, mentre il ragazzo contava le pecore.

- Mi pare d'essere a Tebidi, - diceva Mara, - quando eravamo piccoli, e stavamo sul ponticello della viottola -.

Jeli si rammentava di ogni cosa anche lui, sebbene non dicesse nulla, perché era stato sempre un ragazzo giudizioso e di poche parole.

Finita la raccolta, alla vigilia della partenza, Mara venne a salutare il giovanotto, nel tempo che ei stava facendo la ricotta, ed era tutto intento a raccogliere il siero colla cazza.

- Ora ti dico addio, - gli disse ella, - poiché domani torniamo a Vizzini.

- Come sono andate le fave?

- Male sono andate! la lupa le ha mangiate tutte, quest'anno.

- Dipende dalla pioggia che è stata scarsa, - disse Jeli. - Figurati che si è dovuto uccidere anche le agnelle perché non avevano da mangiare; su tutta la Salonia non venne tre dita di erba.

- Ma a te poco te ne importa. Il salario l'hai sempre, buona o mal'annata!

- Sì, è vero, - disse lui; - ma mi rincresce dare quelle povere bestie in mano al beccaio.

- Ti ricordi quando sei venuto per la festa di San Giovanni, ed eri rimasto senza padrone?

- Sì, me lo ricordo.

- Fu mio padre che ti allogò qui, da massaro Neri.

- E tu perché non l'hai sposato il figlio di massaro Neri?

- Perché non c'era la volontà di Dio. - Mio padre è stato sfortunato, - riprese di lì a poco. - Dacché ce ne siamo andati a Marineo ogni cosa ci è riuscita male. La fava, il seminato, quel pezzetto di vigna che ci abbiamo lassù. Poi, mio fratello è partito soldato, e ci è morta pure una mula che valeva quarant'onze.

- Lo so, - rispose Jeli, - la mula baia!

- Ora che abbiamo perso la roba, chi vuoi che mi sposi? -

Mara andava sminuzzando uno sterpolino di pruno, mentre parlava, col mento sul seno, e gli occhi bassi, e col gomito stuzzicava un po' il gomito di Jeli, senza badarci. Ma Jeli, cogli occhi sulla zangola anche lui, non rispondeva nulla; sicché ella riprese:

- A Tebidi dicevano che saremmo stati marito e moglie, lo rammenti?

- Sì, - disse Jeli, e posò la cazza sull'orlo della zangola. - Ma io sono un povero pecoraio, e non posso pretendere alla figlia di un massaro come sei tu -.

La Mara rimase un pochino zitta e poi disse:

- Se tu mi vuoi, io per me ti piglio volentieri.

- Davvero?

- Sì, davvero.

- E massaro Agrippino cosa dirà?

- Mio padre dice che ora il mestiere lo sai, e tu non sei di quelli che vanno a spendere il loro salario, ma di un soldo ne fai due, e non mangi per non consumare il pane, così arriverai ad aver delle pecore anche tu, e ti farai ricco.

- Se è così, - conchiuse Jeli, - ti piglio volentieri anch'io.

- To'! - gli disse Mara, come si era fatto buio, e le pecore andavano tacendosi a poco a poco, - se vuoi un bacio adesso te lo do, poiché saremo marito e moglie -.

Jeli se lo prese in santa pace, e non sapendo che dire aggiunse:

- Io t'ho sempre voluto bene, anche quando volevi lasciarmi pel figlio di massaro Neri... - Ma non ebbe cuore di dirgli di quell'altro.

- Non lo vedi? eravamo destinati! - conchiuse Mara.

Massaro Agrippino infatti disse di sì, e la gnà Lia mise insieme presto un giubbone nuovo, e un paio di brache di velluto per il genero. Mara era bella e fresca come una rosa, con quella mantellina bianca che sembrava l'agnello pasquale, e quella collana d'ambra che le faceva il collo bianco; sicché Jeli, quando andava per le strade al fianco di lei, camminava impalato, tutto vestito di panno e di velluto nuovo, e non osava soffiarsi il naso col fazzoletto di seta rosso, per non farsi scorgere; ma i vicini e tutti quelli che sapevano la storia di don Alfonso gli ridevano sul naso. Quando Mara disse sissignore, e il prete gliela diede in moglie con un gran crocione, Jeli se la condusse a casa, e gli parve che gli avessero dato tutto l'oro della Madonna, e tutte le terre che aveva visto cogli occhi.

- Ora che siamo marito e moglie, - le disse giunti a casa, seduto di faccia a lei, e facendosi piccino piccino, - ora che siamo marito e moglie, posso dirtelo che non mi par vero che tu m'abbia voluto... mentre avresti potuto prenderne tanti meglio di me... così bella come tu sei!... -

Il poveraccio non sapeva dirle altro, e non capiva nei panni nuovi dalla contentezza di vedersi Mara per casa, che rassettava e toccava ogni cosa, e faceva la padrona. Egli non trovava il verso di spiccicarsi dall'uscio per tornarsene alla Salonia; quando fu venuto il lunedì, indugiava nell'assettare sul basto dell'asinello le bisacce, e il tabarro, e il paracqua d'incerata.

- Tu dovresti venirtene alla Salonia anche te! - disse alla moglie che stava a guardarlo dalla soglia. - Tu dovresti venirtene con me -.

Ma la donna si mise a ridere, e gli rispose che ella non era nata a far la pecoraia, e non aveva nulla da andare a farci alla Salonia.

Infatti Mara non era nata a far la pecoraia, e non ci era avvezza alla tramontana di gennaio, quando le mani si irrigidiscono sul bastone, e sembra che vi caschino le unghie, e ai furiosi acquazzoni, in cui l'acqua vi penetra fino alle ossa, e alla polvere soffocante delle strade, quando le pecore camminano sotto il sole cocente, e al giaciglio duro e al pane muffito, e alle lunghe giornate silenziose e solitarie, in cui per la campagna arsa non si vede altro di lontano, rare volte, che qualche contadino nero dal sole, il quale si spinge innanzi silenzioso l'asinello, per la strada bianca e interminabile. Almeno Jeli sapeva che Mara stava al caldo sotto le coltri, o filava davanti al fuoco, in crocchio colle vicine, o si godeva il sole sul ballatoio, mentre egli tornava dal pascolo stanco ed assetato, o fradicio di pioggia, o quando il vento spingeva la neve dentro il casolare, e spegneva il fuoco di sommacchi. Ogni mese Mara andava a riscuotere il salario dal padrone, e non le mancavano né le uova nel pollaio, né l'olio nella lucerna, né il vino nel fiasco. Due volte al mese poi Jeli andava a trovarla, ed ella lo aspettava sul ballatoio, col fuso in mano; poi quando gli aveva legato l'asino nella stalla e toltogli il basto e messogli la biada nella greppia, e riposta la legna sotto la tettoia nel cortile, o quel che portava in cucina, Mara l'aiutava ad appendere il tabarro al chiodo, e a togliersi le gambiere fradice, davanti al focolare, e gli versava il vino, mentre la minestra bolliva allegramente, ed ella apparecchiava il desco, cheta cheta e previdente come una brava massaia, nel tempo stesso che gli parlava di questo e di quello, della chioccia che aveva messo a covare, della tela che era sul telaio, del vitello che allevavano, senza dimenticare una sola delle faccenduole di casa, ché Jeli si sentiva di starci come un Papa.

Ma la notte di Santa Barbara tornò a casa ad ora insolita, che tutti i lumi erano spenti nella stradicciuola, e l'orologio della città suonava la mezzanotte. Una notte da lupi, che proprio il lupo gli era entrato in casa, mentre lui andava all'acqua e al vento per amor del salario, e della giumenta del padrone ch'era ammalata, e ci voleva il maniscalco subito subito. Bussò e tempestò all'uscio, chiamando Mara ad alta voce, mentre l'acqua gli pioveva addosso dalla grondaia, e gli usciva dalle calcagna. Sua moglie venne ad aprirgli finalmente, e cominciò a strapazzarlo quasi fosse stata lei a scorrazzare pei campi con quel tempaccio, con una faccia che lui chiese: - Che c'è? Cos'hai?

- Ho che m'hai fatto paura a quest'ora! che ti par ora da cristiani questa? Domani sarò ammalata!

- Va a coricarti, il fuoco l'accendo io.

- No, bisogna che vada a prender la legna.

- Andrò io.

- No, ti dico! -

Quando Mara ritornò colla legna nelle braccia Jeli le disse:

- Perché hai aperto l'uscio del cortile? Non ce n'era più di legna in cucina?

- No, sono andata a prenderla sotto la tettoja -.

Ella si lasciò baciare, fredda fredda, e volse il capo dall'altra parte.

- Sua moglie lo lascia a infradiciare dietro l'uscio, - dicevano i vicini, - quando in casa c'è il tordo! -

Ma Jeli non sapeva nulla, ch'era becco, né gli altri si curavano di dirglielo, perché a lui non gliene importava niente, e s'era accollata la donna col danno, dopo che il figlio di massaro Neri l'aveva piantata per aver saputo la storia di don Alfonso. Jeli invece ci viveva beato e contento nel vituperio, e s'ingrassava come un maiale, "ché le corna sono magre, ma mantengono la casa grassa!".

Una volta infine il ragazzo della mandra glielo disse in faccia, una volta che vennero alle brutte, per certe pezze di formaggio tosate. - Ora che don Alfonso vi ha preso la moglie, vi pare di essere suo cognato, e avete messo superbia che vi par di esser un re di corona, con quelle corna che avete in testa -.

Il fattore e il campaio si aspettavano di veder scorrere il sangue allora; ma invece Jeli stette zitto quasi non fosse fatto suo, con una faccia di grullo che le corna gli stavano bene davvero.

Ora si avvicinava la Pasqua e il fattore mandava tutti gli uomini della fattoria a confessarsi, colla speranza che pel timor di Dio non rubassero più. Jeli andò anche lui, e all'uscir di chiesa cercò del ragazzo con cui erano corse le male parole e gli buttò le braccia al collo dicendogli:

- Il confessore mi ha detto di perdonarti; ma io non sono in collera con te per quelle chiacchiere; e se tu non toserai più il formaggio a me non me ne importa nulla di quello che mi hai detto nella collera -.

Fu da quel momento che lo chiamarono per soprannome Corna d'oro, e il soprannome gli rimase, a lui e tutti i suoi, anche dopo che ci si lavò le corna, nel sangue. ⟶ ominous

La Mara era andata a confessarsi anche lei, e tornava di chiesa tutta raccolta nella mantellina, cogli occhi bassi che sembrava una Santa Maria Maddalena. Jeli che l'aspettava taciturno sul ballatoio, come la vide venire a quel modo, che si vedeva come ci avesse il Signore in corpo, la stava a guardare pallido pallido dai piedi alla testa, quasi la vedesse per la prima volta, o gliela avessero cambiata, la sua Mara, e neppure osava alzare gli occhi su di lei, mentre ella sciorinava la tovaglia, e metteva in tavola le scodelle, tranquilla e pulita al suo solito. Egli, dopo averci pensato su un poco, le domandò freddo freddo:

- È vero che te la intendi con don Alfonso? -

Mara gli piantò in faccia i suoi begli occhi limpidi, e si fece il segno della croce.

- Perché volete farmi far peccato in questo giorno! - esclamò.

- No! non voglio crederci ancora!... perché con don Alfonso eravamo sempre insieme, quando eravamo ragazzi, e non passava giorno ch'ei non venisse a Tebidi, proprio come due fratelli... Poi egli è ricco che i denari li ha a palate, e se volesse delle donne potrebbe maritarsi, né gli mancherebbe la roba, o il pane da mangiare -.

Mara invece andavasi riscaldando, e cominciò a strapazzarlo in malo modo, tanto che lui non alzava più il naso dal piatto.

Infine perché quella grazia di Dio che stavano mangiando non andasse in tossico, Mara cambiò discorso, e gli domandò se ci avesse pensato a far zappare quel po' di lino che avevano seminato nel campo delle fave.

- Sì, - rispose Jeli, - e il lino verrà bene.

- Se è così, - disse Mara, - in questo inverno ti farò due camicie nuove che ti terranno caldo -.

Insomma Jeli non lo capiva quello che vuol dire becco, e non sapeva cosa fosse la gelosia; ogni cosa nuova stentava ad entrargli in capo, e questa poi gli riusciva così grossa che addirittura faceva una fatica del diavolo ad entrarci, massime allorché si vedeva dinanzi la sua Mara, tanto bella, e bianca, e pulita, che l'aveva voluto lei stessa, e le voleva tanto bene, e aveva pensato a lei tanto tempo, tanti anni, fin da quando era ragazzo, che il giorno in cui gli avevano detto com'ella volesse sposarne un altro, non aveva avuto più cuore di mangiare o di bere tutta la giornata. - Ed anche se pensava a don Alfonso, non poteva credere a una birbonata simile, lui che gli pareva di vederlo ancora, cogli occhi buoni e la boccuccia ridente con cui veniva a portargli i dolci e il pane bianco a Tebidi, tanto tempo fa - un'azionaccia così nera! e dacché non lo aveva più visto, perché egli era un povero pecoraio, e stava tutto l'anno in campagna, gli era sempre rimasto in cuore a quel modo. Ma

→ Jeli begins to feel jealousy

la prima volta che per sua disgrazia rivide don Alfonso già uomo fatto, Jeli sentì come una botta allo stomaco. Come s'era fatto grande e bello! con quella catena d'oro sul panciotto, e la giacca di velluto, e la barba liscia che pareva d'oro anch'essa. Niente superbo poi, tanto che gli batté sulla spalla salutandolo per nome. Era venuto col padrone della fattoria insieme a una brigata d'amici, a fare una scampagnata nel tempo che si tosavano le pecore; ed era venuta pure Mara all'improvviso, col pretesto che era incinta e aveva voglia di ricotta fresca.

Era una bella giornata calda, nei campi biondi, colle siepi in fiore, e i lunghi filari verdi delle vigne. Le pecore saltellavano e belavano dal piacere, al sentirsi spogliate da tutta quella lana, e nella cucina le donne facevano un bel fuoco per cuocere la gran roba che il padrone aveva portato per il desinare. I signori intanto che aspettavano si erano messi all'ombra, sotto i carrubi, e facevano suonare i tamburelli e le cornamuse, o ballavano colle donne della fattoria, chi ne aveva voglia. Jeli mentre andava tosando le pecore, si sentiva rodere dentro di sé, senza sapere perché, come uno spino, un chiodo fitto, una forbice fine che gli lavorasse dentro minuta minuta, peggio di un veleno. Il padrone aveva ordinato che si sgozzassero due capretti, e il castrato di un anno, e dei polli, e un tacchino. Insomma voleva fare le cose in grande, senza risparmio, per farsi onore coi suoi amici, e mentre tutte quelle bestie schiamazzavano dal dolore, e i capretti strillavano sotto il coltello, Jeli si sentiva tremare le ginocchia e di tratto in tratto gli pareva che la lana che andava tosando e l'erba in cui le pecore saltellavano avvampassero di sangue.

- Non andare! - disse egli a Mara, come don Alfonso la chiamava perché venisse a ballare cogli altri. - Non andare, Mara!

- Perché?

- Non voglio che tu vada! Non andare!

- Lo senti che mi chiamano? -

Egli non disse altro, fattosi brutto come la malanuova, mentre stava curvo sulle pecore che tosava. Mara si strinse nelle spalle, e se ne andò a ballare. Ella era rossa ed allegra, cogli occhi neri che sembravano due stelle, e rideva che le si vedevano i denti bianchi, e tutto l'oro che aveva indosso le sbatteva e le scintillava sulle guance e sul petto che pareva la Madonna tale e quale. Jeli un tratto si rizzò sulla vita, colla lunga forbice in pugno, così bianco in viso, così bianco come era una volta suo padre il vaccajo, quando tremava dalla febbre accanto al fuoco, nel casolare. Guardò don Alfonso, colla bella barba ricciuta, e la giacchetta di velluto e la catenella d'oro sul panciotto, che prendeva Mara per la mano e l'invitava a ballare; lo vide che allungava il braccio, quasi per stringersela al petto, e lei che lo lasciava fare - allora, Signore perdonategli, non ci vide più, e gli tagliò la gola di un sol colpo, proprio come un capretto.

Più tardi, mentre lo conducevano dinanzi al giudice, legato, disfatto, senza che avesse osato opporre la minima resistenza:

- Come, - diceva - non dovevo ucciderlo nemmeno?... Se mi aveva preso la Mara!... -

ROSSO MALPELO

Malpelo si chiamava così perché aveva i capelli rossi; ed aveva i capelli rossi perché era un ragazzo malizioso e cattivo, che prometteva di riescire un fior di birbone. Sicché tutti alla cava della rena rossa lo chiamavano Malpelo; e persino sua madre, col sentirgli dir sempre a quel modo, aveva quasi dimenticato il suo nome di battesimo.

Del resto, ella lo vedeva soltanto il sabato sera, quando tornava a casa con quei pochi soldi della settimana; e siccome era malpelo c'era anche a temere che ne sottraesse un paio, di quei soldi: nel dubbio, per non sbagliare, la sorella maggiore gli faceva la ricevuta a scapaccioni.

Però il padrone della cava aveva confermato che i soldi erano tanti e non più; e in coscienza erano anche troppi per Malpelo, un monellaccio che nessuno avrebbe voluto vederselo davanti, e che tutti schivavano come un can rognoso, e lo accarezzavano coi piedi, allorché se lo trovavano a tiro.

Egli era davvero un brutto ceffo, torvo, ringhioso, e selvatico. Al mezzogiorno, mentre tutti gli altri operai della cava si mangiavano in crocchio la loro minestra, e facevano un po' di ricreazione, egli andava a rincantucciarsi col suo corbello fra le gambe, per rosicchiarsi quel po' di pane bigio, come fanno le bestie sue pari, e ciascuno gli diceva la sua, motteggiandolo, e gli tiravan dei sassi, finché il soprastante lo rimandava al lavoro con una pedata. Ei c'ingrassava, fra i calci, e si lasciava caricare meglio dell'asino grigio, senza osar di lagnarsi. Era sempre cencioso e sporco di rena rossa, che la sua sorella s'era fatta sposa, e aveva altro pel capo che pensare a ripulirlo la domenica. Nondimeno era conosciuto come la bettonica per tutto Monserrato e la Caverna, tanto che la cava dove lavorava la chiamavano "la cava di Malpelo", e cotesto al padrone gli seccava assai. Insomma lo tenevano addirittura per carità e perché mastro Misciu, suo padre, era morto in quella stessa cava.

Era morto così, che un sabato aveva voluto terminare certo lavoro preso a cottimo, di un pilastro lasciato altra volta per sostegno dell'ingrottato, e dacché non serviva più, s'era calcolato, così ad occhio col padrone, per 35 o 40 carra di rena. Invece mastro Misciu sterrava da tre giorni, e ne avanzava ancora per la mezza giornata del lunedì. Era stato un magro affare e solo un minchione come mastro Misciu aveva potuto lasciarsi gabbare a questo modo dal padrone; perciò appunto lo chiamavano mastro Misciu Bestia, ed era l'asino da basto di tutta la cava. Ei, povero diavolaccio, lasciava dire, e si contentava di buscarsi il pane colle sue braccia, invece di menarle addosso ai compagni, e attaccar brighe. Malpelo faceva un visaccio, come se quelle soperchierie cascassero sulle sue spalle, e così piccolo com'era aveva di quelle occhiate che facevano dire agli altri: - Va là, che tu non ci morrai nel tuo letto, come tuo padre -.

Invece nemmen suo padre ci morì, nel suo letto, tuttoché fosse una buona bestia. Zio Mommu lo sciancato, aveva detto che quel pilastro lì ei non l'avrebbe tolto per venti onze, tanto era pericoloso; ma d'altra parte tutto è pericolo nelle cave, e se si sta a badare a tutte le sciocchezze che si dicono, è meglio andare a fare l'avvocato.

Dunque il sabato sera mastro Misciu raschiava ancora il suo pilastro che l'avemaria era suonata da un pezzo, e tutti i suoi compagni avevano accesa la pipa e se n'erano andati dicendogli di divertirsi a grattar la rena per amor del padrone, o raccomandandogli di non fare la morte del sorcio. Ei, che c'era avvezzo alle beffe, non dava retta, e rispondeva soltanto cogli "ah! ah!" dei suoi bei colpi di zappa in pieno, e intanto borbottava:

- Questo è per il pane! Questo pel vino! Questo per la gonnella di Nunziata! - e così andava facendo il conto del come avrebbe speso i denari del suo appalto, il cottimante!

Fuori della cava il cielo formicolava di stelle, e laggiù la lanterna fumava e girava al pari di un arcolaio. Il grosso pilastro rosso, sventrato a colpi di zappa, contorcevasi e si piegava in arco, come se avesse il mal di pancia, e dicesse ohi! anch'esso. Malpelo andava sgomberando il terreno, e metteva al sicuro il piccone, il sacco vuoto ed il fiasco del vino.

Il padre, che gli voleva bene, poveretto, andava dicendogli: - Tirati in là! - oppure: - Sta attento! Bada se cascano dall'alto dei sassolini o della rena grossa, e scappa! - Tutt'a un tratto, punf! Malpelo, che si era voltato a riporre i ferri nel corbello, udì un tonfo sordo, come fa la rena traditora allorché fa pancia e si sventra tutta in una volta, ed il lume si spense.

L'ingegnere che dirigeva i lavori della cava, si trovava a teatro quella sera, e non avrebbe cambiato la sua poltrona con un trono, quando vennero a cercarlo per il babbo di Malpelo che aveva fatto la morte del sorcio. Tutte le femminucce di Monserrato, strillavano e si picchiavano il petto per annunziare la gran disgrazia ch'era toccata a comare Santa, la sola, poveretta, che non dicesse nulla, e sbatteva i denti invece, quasi avesse la terzana. L'ingegnere, quando gli ebbero detto il come e il quando, che la disgrazia era accaduta da circa tre ore, e Misciu Bestia doveva già essere bell'e arrivato in Paradiso, andò proprio per scarico di coscienza, con scale e corde, a fare il buco nella rena. Altro che quaranta carra! Lo sciancato disse che a sgomberare il sotterraneo ci voleva almeno una settimana. Della rena ne era caduta una montagna, tutta fina e ben bruciata dalla lava, che si sarebbe impastata colle mani, e dovea prendere il doppio di calce. Ce n'era da riempire delle carra per delle settimane. Il bell'affare di mastro Bestia!

Nessuno badava al ragazzo che si graffiava la faccia ed urlava, come una bestia davvero.

- To'! - disse infine uno. - È Malpelo! Di dove è saltato fuori, adesso?

- Se non fosse stato Malpelo non se la sarebbe passata liscia... -

Malpelo non rispondeva nulla, non piangeva nemmeno, scavava colle unghie colà, nella rena, dentro la buca, sicché nessuno s'era accorto di lui; e quando si accostarono col lume, gli videro tal viso stravolto, e tali occhiacci invetrati, e la schiuma alla bocca da far paura; le unghie gli si erano strappate e gli pendevano dalle mani tutte in sangue. Poi quando vollero toglierlo di là fu un affar serio; non potendo più graffiare, mordeva come un cane arrabbiato, e dovettero afferrarlo pei capelli, per tirarlo via a viva forza.

Però infine tornò alla cava dopo qualche giorno, quando sua madre piagnucolando ve lo condusse per mano; giacché, alle volte, il pane che si mangia non si può andare a cercarlo di qua e di là. Lui non volle più allontanarsi da quella galleria, e sterrava con accanimento, quasi ogni corbello di rena lo levasse di sul petto a suo padre. Spesso, mentre scavava, si fermava bruscamente, colla zappa in aria, il viso torvo e gli occhi stralunati, e sembrava che stesse ad ascoltare qualche cosa che il suo diavolo gli susurrasse nelle orecchie, dall'altra parte della montagna di rena caduta. In quei giorni era più tristo e cattivo del solito, talmente che non mangiava quasi, e il pane lo buttava al cane, quasi non fosse grazia di Dio. Il cane gli voleva bene, perché i cani non guardano altro che la mano che gli dà il pane, e le botte, magari. Ma l'asino, povera bestia, sbilenco e macilento, sopportava tutto lo sfogo della cattiveria di Malpelo; ei lo picchiava senza pietà, col manico della zappa, e borbottava:

- Così creperai più presto! -

Dopo la morte del babbo pareva che gli fosse entrato il diavolo in corpo, e lavorava al pari di quei bufali feroci che si tengono coll'anello di ferro al naso. Sapendo che era malpelo, ei si acconciava ad esserlo il peggio che fosse possibile, e se accadeva una disgrazia, o che un operaio smarriva i ferri, o che un asino si rompeva una gamba, o che crollava un tratto di galleria, si sapeva sempre che era stato lui; e infatti ei si pigliava le busse senza protestare, proprio come se le pigliano gli asini che curvano la schiena, ma seguitano a fare a modo loro. Cogli altri ragazzi poi era addirittura crudele, e sembrava che si volesse vendicare sui deboli di tutto il male che s'immaginava gli avessero fatto gli altri, a lui e al suo babbo. Certo ei provava uno strano diletto a rammentare ad uno ad uno tutti i maltrattamenti ed i soprusi che avevano fatto subire a suo padre, e del modo in cui l'avevano lasciato crepare. E quando era solo borbottava: - Anche con me fanno così! e a mio padre gli dicevano Bestia, perché egli non faceva così! - E una volta che passava il padrone, accompagnandolo con un'occhiata torva: - È stato lui! per trentacinque tarì! - E un'altra volta, dietro allo Sciancato: - E anche lui! e si metteva a ridere! Io l'ho udito, quella sera! -

Per un raffinamento di malignità sembrava aver preso a proteggere un povero ragazzetto, venuto a lavorare da poco tempo nella cava, il quale per una caduta da un ponte s'era lussato il femore, e non poteva far più il manovale. Il poveretto, quando portava il suo corbello di rena in spalla, arrancava in modo che gli avevano messo nome Ranocchio; ma lavorando sotterra, così Ranocchio com'era, il suo pane se lo buscava. Malpelo gliene dava anche del suo, per prendersi il gusto di tiranneggiarlo, dicevano.

Infatti egli lo tormentava in cento modi. Ora lo batteva senza un motivo e senza misericordia, e se Ranocchio non si difendeva, lo picchiava più forte, con maggiore accanimento, dicendogli: - To', bestia! Bestia sei! Se non ti senti l'animo di difenderti da me che non ti voglio male, vuol dire che ti lascerai pestare il viso da questo e da quello! -

O se Ranocchio si asciugava il sangue che gli usciva dalla bocca e dalle narici: - Così, come ti cuocerà il dolore delle busse, imparerai a darne anche tu! - Quando cacciava un asino carico per la ripida salita del sotterraneo, e lo vedeva puntare gli zoccoli, rifinito, curvo sotto il peso, ansante e coll'occhio spento, ei lo batteva senza misericordia, col manico della zappa, e i colpi suonavano secchi sugli stinchi e sulle costole scoperte. Alle volte la bestia si piegava in due per le battiture, ma stremo di forze, non poteva fare un passo, e cadeva sui ginocchi, e ce n'era uno il quale era caduto tante volte, che ci aveva due piaghe alle gambe. Malpelo soleva dire a Ranocchio: - L'asino va picchiato, perché non può picchiar lui; e s'ei potesse picchiare, ci pesterebbe sotto i piedi e ci strapperebbe la carne a morsi -.

Oppure: - Se ti accade di dar delle busse, procura di darle più forte che puoi; così gli altri ti terranno da conto, e ne avrai tanti di meno addosso -.

Lavorando di piccone o di zappa poi menava le mani con accanimento, a mo' di uno che l'avesse con la rena, e batteva e ribatteva coi denti stretti, e con quegli ah! ah! che aveva suo padre. - La rena è traditora, - diceva a Ranocchio sottovoce; - somiglia a tutti gli altri, che se sei più debole ti pestano la faccia, e se sei più forte, o siete in molti, come fa lo Sciancato, allora si lascia vincere. Mio padre la batteva sempre, ed egli non batteva altro che la rena, perciò lo chiamavano Bestia, e la rena se lo mangiò a tradimento, perché era più forte di lui -.

Ogni volta che a Ranocchio toccava un lavoro troppo pesante, e il ragazzo piagnucolava a guisa di una femminuccia, Malpelo lo picchiava sul dorso, e lo sgridava: - Taci, pulcino! - e se Ranocchio non la finiva più, ei gli dava una mano, dicendo con un certo orgoglio: - Lasciami fare; io sono più forte di te -. Oppure gli dava la sua mezza cipolla, e si contentava di mangiarsi il pane asciutto, e si stringeva nelle spalle, aggiungendo: - Io ci sono avvezzo -.

Era avvezzo a tutto lui, agli scapaccioni, alle pedate, ai colpi di manico di badile, o di cinghia da basto, a vedersi ingiuriato e beffato da tutti, a dormire sui sassi colle braccia e la schiena rotta da quattordici ore di lavoro; anche a digiunare era avvezzo, allorché il padrone lo puniva levandogli il pane o la minestra. Ei diceva che la razione di busse non gliel'aveva levata mai, il padrone; ma le busse non costavano nulla. Non si lamentava però, e si vendicava di soppiatto, a tradimento, con qualche tiro di quelli che sembrava ci avesse messo la coda il diavolo: perciò ei si pigliava sempre i castighi, anche quando il colpevole non era stato lui. Già se non era stato lui sarebbe stato capace di esserlo, e non si giustificava mai: per altro sarebbe stato inutile. E qualche volta, come Ranocchio spaventato lo scongiurava piangendo di dire la verità, e di scolparsi, ei ripeteva: - A che giova? Sono malpelo! - e nessuno avrebbe potuto dire se quel curvare il capo e le spalle sempre fosse effetto di fiero orgoglio o di disperata rassegnazione, e non si sapeva nemmeno se la sua fosse salvatichezza o timidità. Il certo era che nemmeno sua madre aveva avuta mai una carezza da lui, e quindi non gliene faceva mai.

Il sabato sera, appena arrivava a casa con quel suo visaccio imbrattato di lentiggini e di rena rossa, e quei cenci che gli piangevano addosso da ogni parte, la sorella afferrava il manico della scopa, scoprendolo sull'uscio in quell'arnese, ché avrebbe fatto scappare il suo damo se vedeva con qual gente gli toccava imparentarsi; la madre era sempre da questa o da quella vicina, e quindi egli andava a rannicchiarsi sul suo saccone come un cane malato. Per questo, la domenica, in cui tutti gli altri ragazzi del vicinato si mettevano la camicia pulita per andare a messa o per ruzzare nel cortile, ei sembrava non avesse altro spasso che di andar randagio per le vie degli orti, a dar la caccia alle lucertole e alle altre povere bestie che non gli avevano fatto nulla, oppure a sforacchiare le siepi dei fichidindia. Per altro le beffe e le sassate degli altri fanciulli non gli piacevano.

La vedova di mastro Misciu era disperata di aver per figlio quel malarnese, come dicevano tutti, ed egli era ridotto veramente come quei cani, che a furia di buscarsi dei calci e delle sassate da questo e da quello, finiscono col mettersi la coda fra le gambe e scappare alla prima anima viva che vedono, e diventano affamati, spelati e selvatici come lupi. Almeno sottoterra, nella cava della rena, brutto, cencioso e lercio com'era, non lo beffavano più, e sembrava fatto apposta per quel mestiere persin nel colore dei capelli, e in quegli occhiacci di gatto che ammiccavano se vedevano il sole. Così ci sono degli asini che lavorano nelle cave per anni ed anni senza uscirne mai più, ed in quei sotterranei, dove il pozzo d'ingresso è a picco, ci si calan colle funi, e ci restano finché vivono. Sono asini vecchi, è vero, comprati dodici o tredici lire, quando stanno per portarli alla Plaja, a strangolarli; ma pel lavoro che hanno da fare laggiù sono ancora buoni; e

Malpelo, certo, non valeva di più; se veniva fuori dalla cava il sabato sera, era perché aveva anche le mani per aiutarsi colla fune, e doveva andare a portare a sua madre la paga della settimana.

Certamente egli avrebbe preferito di fare il manovale, come Ranocchio, e lavorare cantando sui ponti, in alto, in mezzo all'azzurro del cielo, col sole sulla schiena, - o il carrettiere, come compare Gaspare, che veniva a prendersi la rena della cava, dondolandosi sonnacchioso sulle stanghe, colla pipa in bocca, e andava tutto il giorno per le belle strade di campagna; - o meglio ancora, avrebbe voluto fare il contadino, che passa la vita fra i campi, in mezzo ai verde, sotto i folti carrubbi, e il mare turchino là in fondo, e il canto degli uccelli sulla testa. Ma quello era stato il mestiere di suo padre, e in quel mestiere era nato lui. E pensando a tutto ciò, narrava a Ranocchio del pilastro che era caduto addosso al genitore, e dava ancora della rena fina e bruciata che il carrettiere veniva a caricare colla pipa in bocca, e dondolandosi sulle stanghe, e gli diceva che quando avrebbero finito di sterrare si sarebbe trovato il cadavere del babbo, il quale doveva avere dei calzoni di fustagno quasi nuovi. Ranocchio aveva paura, ma egli no. Ei pensava che era stato sempre là, da bambino, e aveva sempre visto quel buco nero, che si sprofondava sotterra, dove il padre soleva condurlo per mano. Allora stendeva le braccia a destra e a sinistra, e descriveva come l'intricato laberinto delle gallerie si stendesse sotto i loro piedi all'infinito, di qua e di là, sin dove potevano vedere la sciara nera e desolata, sporca di ginestre riarse, e come degli uomini ce n'erano rimasti tanti, o schiacciati, o smarriti nel buio, e che camminano da anni e camminano ancora, senza poter scorgere lo spiraglio del pozzo pel quale sono entrati, e senza poter udire le strida disperate dei figli, i quali li cercano inutilmente.

Ma una volta in cui riempiendo i corbelli si rinvenne una delle scarpe di mastro Misciu, ei fu colto da tal tremito che dovettero tirarlo all'aria aperta colle funi, proprio come un asino che stesse per dar dei calci al vento. Però non si poterono trovare né i calzoni quasi nuovi, né il rimanente di mastro Misciu; sebbene i pratici affermarono che quello dovea essere il luogo preciso dove il pilastro gli si era rovesciato addosso; e qualche operaio, nuovo al mestiere, osservava curiosamente come fosse capricciosa la rena, che aveva sbatacchiato il Bestia di qua e di là, le scarpe da una parte e i piedi dall'altra.

→ Foxfur goes to work in another

Dacché poi fu trovata quella scarpa, Malpelo fu colto da tal paura di veder comparire fra la rena anche il piede nudo del babbo, che non volle mai più darvi un colpo di zappa, gliela dessero a lui sul capo, la zappa. Egli andò a lavorare in un altro punto della galleria, e non volle più tornare da quelle parti. Due o tre giorni dopo scopersero infatti il cadavere di mastro Misciu, coi calzoni indosso, e steso bocconi che sembrava imbalsamato. Lo zio Mommu osservò che aveva dovuto penar molto a finire, perché il pilastro gli si era piegato proprio addosso, e l'aveva sepolto vivo: si poteva persino vedere tutt'ora che mastro Bestia avea tentato istintivamente di liberarsi scavando nella rena, e avea le mani lacerate e le unghie rotte.

→ Foxfur and his dad both digging

- Proprio come suo figlio Malpelo! - ripeteva lo sciancato - ei scavava di qua, mentre suo figlio scavava di là -. Però non dissero nulla al ragazzo, per la ragione che lo sapevano maligno e vendicativo.

Il carrettiere si portò via il cadavere di mastro Misciu al modo istesso che caricava la rena caduta e gli asini morti, ché stavolta, oltre al lezzo del carcame, trattavasi di un compagno, e di carne battezzata. La vedova rimpiccolì i calzoni e la

They found his father's corpse, who was buried alive

camicia, e li adattò a Malpelo, il quale così fu vestito quasi a nuovo per la prima volta. Solo le scarpe furono messe in serbo per quando ei fosse cresciuto, giacché rimpiccolire le scarpe non si potevano, e il fidanzato della sorella non le aveva volute le scarpe del morto.

Malpelo se li lisciava sulle gambe, quei calzoni di fustagno quasi nuovi, gli pareva che fossero dolci e lisci come le mani del babbo, che solevano accarezzargli i capelli, quantunque fossero così ruvide e callose. Le scarpe poi, le teneva appese a un chiodo, sul saccone, quasi fossero state le pantofole del papa, e la domenica se le pigliava in mano, le lustrava e se le provava; poi le metteva per terra, l'una accanto all'altra, e stava a guardarle, coi gomiti sui ginocchi, e il mento nelle palme, per delle ore intere, rimuginando chi sa quali idee in quel cervellaccio.

Ei possedeva delle idee strane, Malpelo! Siccome aveva ereditato anche il piccone e la zappa del padre, se ne serviva, quantunque fossero troppo pesanti per l'età sua; e quando gli aveano chiesto se voleva venderli, che glieli avrebbero pagati come nuovi, egli aveva risposto di no. Suo padre li aveva resi così lisci e lucenti nel manico colle sue mani, ed ei non avrebbe potuto farsene degli altri più lisci e lucenti di quelli, se ci avesse lavorato cento e poi cento anni. In quel tempo era crepato di stenti e di vecchiaia l'asino grigio; e il carrettiere era andato a buttarlo lontano nella sciara.

- Così si fa, - brontolava Malpelo; - gli arnesi che non servono più, si buttano lontano -.

Egli andava a visitare il carcame del grigio in fondo al burrone, e vi conduceva a forza anche Ranocchio, il quale non avrebbe voluto andarci; e Malpelo gli diceva che a questo mondo bisogna avvezzarsi a vedere in faccia ogni cosa, bella o brutta; e stava a considerare con l'avida curiosità di un monellaccio i cani che accorrevano da tutte le fattorie dei dintorni a disputarsi le carni del grigio. I cani scappavano guaendo, come comparivano i ragazzi, e si aggiravano ustolando sui greppi dirimpetto, ma il Rosso non lasciava che Ranocchio li scacciasse a sassate. - Vedi quella cagna nera, - gli diceva, - che non ha paura delle tue sassate? Non ha paura perché ha più fame degli altri. Gliele vedi quelle costole al grigio? Adesso non soffre più -. L'asino grigio se ne stava tranquillo, colle quattro zampe distese, e lasciava che i cani si divertissero a vuotargli le occhiaie profonde, e a spolpargli le ossa bianche; i denti che gli laceravano le viscere non lo avrebbero fatto piegare di un pelo, come quando gli accarezzavano la schiena a badilate, per mettergli in corpo un po' di vigore nel salire la ripida viuzza. - Ecco come vanno le cose! Anche il grigio ha avuto dei colpi di zappa e delle guidalesche; anch'esso quando piegava sotto il peso, o gli mancava il fiato per andare innanzi, aveva di quelle occhiate, mentre lo battevano, che sembrava dicesse: "Non più! non più!". Ma ora gli occhi se li mangiano i cani, ed esso se ne ride dei colpi e delle guidalesche, con quella bocca spolpata e tutta denti. Ma se non fosse mai nato sarebbe stato meglio -.

La sciara si stendeva malinconica e deserta, fin dove giungeva la vista, e saliva e scendeva in picchi e burroni, nera e rugosa, senza un grillo che vi trillasse, o un uccello che venisse a cantarci. Non si udiva nulla, nemmeno i colpi di piccone di coloro che lavoravano sotterra. E ogni volta Malpelo ripeteva che la terra lì sotto era tutta vuota dalle gallerie, per ogni dove, verso il monte e verso la valle; tanto che una volta un minatore c'era entrato da giovane, e n'era uscito coi capelli bianchi, e un altro, cui s'era spenta la candela, aveva invano gridato aiuto per anni ed anni.

- Egli solo ode le sue stesse grida! - diceva, e a quell'idea, sebbene avesse il cuore più duro della sciara, trasaliva.

- Il padrone mi manda spesso lontano, dove gli altri hanno paura d'andare. Ma io sono Malpelo, e se non torno più, nessuno mi cercherà -.

Pure, durante le belle notti d'estate, le stelle splendevano lucenti anche sulla sciara, e la campagna circostante era nera anch'essa, come la lava, ma Malpelo, stanco della lunga giornata di lavoro, si sdraiava sul sacco, col viso verso il cielo, a godersi quella quiete e quella luminaria dell'alto; perciò odiava le notti di luna, in cui il mare formicola di scintille, e la campagna si disegna qua e là vagamente - perché allora la sciara sembra più bella e desolata.

- Per noi che siamo fatti per vivere sotterra, - pensava Malpelo, - dovrebbe essere buio sempre e da per tutto -.

La civetta strideva sulla sciara, e ramingava di qua e di là; ei pensava:

- Anche la civetta sente i morti che son qua sotterra, e si dispera perché non può andare a trovarli -.

Ranocchio aveva paura delle civette e dei pipistrelli; ma il Rosso lo sgridava, perché chi è costretto a star solo non deve aver paura di nulla, e nemmeno l'asino grigio aveva paura dei cani che se lo spolpavano, ora che le sue carni non sentivano più il dolore di esser mangiate.

- Tu eri avvezzo a lavorar sui tetti come i gatti, - gli diceva, - e allora era tutt'altra cosa. Ma adesso che ti tocca a viver sotterra, come i topi, non bisogna più aver paura dei topi, né dei pipistrelli, che son topi vecchi con le ali; quelli ci stanno volentieri in compagnia dei morti -.

Ranocchio invece provava una tale compiacenza a spiegargli quel che ci stessero a far le stelle lassù in alto; e gli raccontava che lassù c'era il paradiso, dove vanno a stare i morti che sono stati buoni, e non hanno dato dispiaceri ai loro genitori. - Chi te l'ha detto? - domandava Malpelo, e Ranocchio rispondeva che glielo aveva detto la mamma.

Allora Malpelo si grattava il capo, e sorridendo gli faceva un certo verso da monellaccio malizioso che la sa lunga. - Tua madre ti dice così perché, invece dei calzoni, tu dovresti portar la gonnella -.

E dopo averci pensato un po':

- Mio padre era buono, e non faceva male a nessuno, tanto che lo chiamavano Bestia. Invece è là sotto, ed hanno persino trovato i ferri, le scarpe e questi calzoni qui che ho indosso io -

Da lì a poco, Ranocchio, il quale deperiva da qualche tempo, si ammalò in modo che la sera dovevano portarlo fuori dalla cava sull'asino, disteso fra le corbe, tremante di febbre come un pulcin bagnato. Un operaio disse che quel ragazzo non ne avrebbe fatto osso duro a quel mestiere, e che per lavorare in una miniera, senza lasciarvi la pelle, bisognava nascervi. Malpelo allora si sentiva orgoglioso di esserci nato, e di mantenersi così sano e vigoroso in quell'aria malsana, e con tutti quegli stenti. Ei si caricava Ranocchio sulle spalle, e gli faceva animo alla sua maniera, sgridandolo e picchiandolo. Ma una volta, nel picchiarlo sul dorso, Ranocchio fu colto da uno sbocco di sangue; allora Malpelo spaventato si affannò a cercargli nel naso e dentro la bocca cosa gli avesse fatto, e giurava che non avea potuto fargli poi gran male, così come l'aveva battuto, e a dimostrarglielo, si dava dei gran pugni sul petto e sulla schiena, con un sasso; anzi un operaio, lì presente, gli sferrò un gran calcio sulle spalle: un calcio che risuonò come su di un tamburo, eppure Malpelo non si mosse, e soltanto dopo che l'operaio se ne fu andato, aggiunse:

- Lo vedi? Non mi ha fatto nulla! E ha picchiato più forte di me, ti giuro! -

Intanto Ranocchio non guariva, e seguitava a sputar sangue, e ad aver la febbre tutti i giorni. Allora Malpelo prese dei soldi della paga della settimana, per comperargli del vino e della minestra calda, e gli diede i suoi calzoni quasi nuovi, che lo coprivano meglio. Ma Ranocchio tossiva sempre, e alcune volte sembrava soffocasse; la sera poi non c'era modo di vincere il ribrezzo della febbre, né con sacchi, né coprendolo di paglia, né mettendolo dinanzi alla fiammata. Malpelo se ne stava zitto ed immobile, chino su di lui, colle mani sui ginocchi, fissandolo con quei suoi occhiacci spalancati, quasi volesse fargli il ritratto, e allorché lo udiva gemere sottovoce, e gli vedeva il viso trafelato e l'occhio spento, preciso come quello dell'asino grigio allorché ansava rifinito sotto il carico nel salire la viottola, egli borbottava:

- È meglio che tu crepi presto! Se devi soffrire a quel modo, è meglio che tu crepi! -

E il padrone diceva che Malpelo era capace di schiacciargli il capo, a quel ragazzo, e bisognava sorvegliarlo.

Finalmente un lunedì Ranocchio non venne più alla cava, e il padrone se ne lavò le mani, perché allo stato in cui era ridotto oramai era più di impiccio che altro. Malpelo si informò dove stesse di casa, e il sabato andò a trovarlo. Il povero Ranocchio era più di là che di qua; sua madre piangeva e si disperava come se il figliuolo fosse di quelli che guadagnano dieci lire la settimana.

Cotesto non arrivava a comprenderlo Malpelo, e domandò a Ranocchio perché sua madre strillasse a quel modo, mentre che da due mesi ei non guadagnava nemmeno quel che si mangiava. Ma il povero Ranocchio non gli dava retta; sembrava che badasse a contare quanti travicelli c'erano sul tetto. Allora il Rosso si diede ad almanaccare che la madre di Ranocchio strillasse a quel modo perché il suo figliuolo era sempre stato debole e malaticcio, e l'aveva tenuto come quei marmocchi che non si slattano mai. Egli invece era stato sano e robusto, ed era malpelo, e sua madre non aveva mai pianto per lui, perché non aveva mai avuto timore di perderlo.

Poco dopo, alla cava dissero che Ranocchio era morto, ed ei pensò che la civetta adesso strideva anche per lui la notte, e tornò a visitare le ossa spolpate del grigio, nel burrone dove solevano andare insieme con Ranocchio. Ora del grigio non rimanevano più che le ossa sgangherate, ed anche di Ranocchio sarebbe stato così. Sua madre si sarebbe asciugati gli occhi, poiché anche la madre di Malpelo s'era asciugati i suoi, dopo che mastro Misciu era morto, e adesso si era maritata un'altra volta, ed era andata a stare a Cifali colla figliuola maritata, e avevano chiusa la porta di casa. D'ora in poi, se lo battevano, a loro non importava più nulla, e a lui nemmeno, ché quando sarebbe divenuto come il grigio o come Ranocchio, non avrebbe sentito più nulla.

Verso quell'epoca venne a lavorare nella cava uno che non s'era mai visto, e si teneva nascosto il più che poteva. Gli altri operai dicevano fra di loro che era scappato dalla prigione, e se lo pigliavano ce lo tornavano a chiudere per anni ed anni. Malpelo seppe in quell'occasione che la prigione era un luogo dove si mettevano i ladri, e i malarnesi come lui, e si tenevano sempre chiusi là dentro e guardati a vista.

Da quel momento provò una malsana curiosità per quell'uomo che aveva provata la prigione e ne era scappato. Dopo poche settimane però il fuggitivo dichiarò chiaro e tondo che era stanco di quella vitaccia da talpa, e piuttosto si contentava di stare in galera tutta la vita, ché la prigione, in confronto, era un paradiso, e preferiva tornarci coi suoi piedi.

- Allora perché tutti quelli che lavorano nella cava non si fanno mettere in prigione? - domandò Malpelo.

- Perché non sono malpelo come te! - rispose lo Sciancato. - Ma non temere, che tu ci andrai! e ci lascerai le ossa! -

Invece le ossa le lasciò nella cava, Malpelo come suo padre, ma in modo diverso. Una volta si doveva esplorare un passaggio che doveva comunicare col pozzo grande a sinistra, verso la valle, e se la cosa andava bene, si sarebbe risparmiata una buona metà di mano d'opera nel cavar fuori la rena. Ma a ogni modo, però, c'era il pericolo di smarrirsi e di non tornare mai più. Sicché nessun padre di famiglia voleva avventurarcisi, né avrebbe permesso che si arrischiasse il sangue suo, per tutto l'oro del mondo.

Malpelo, invece, non aveva nemmeno chi si prendesse tutto l'oro del mondo per la sua pelle, se pure la sua pelle valeva tanto: sicché pensarono a lui. Allora, nel partire, si risovvenne del minatore, il quale si era smarrito, da anni ed anni, e cammina e cammina ancora al buio, gridando aiuto, senza che nessuno possa udirlo. Ma non disse nulla. Del resto a che sarebbe giovato? Prese gli arnesi di suo padre, il piccone, la zappa, la lanterna, il sacco col pane, il fiasco del vino, e se ne andò: né più si seppe nulla di lui.

Così si persero persin le ossa di Malpelo, e i ragazzi della cava abbassano la voce quando parlano di lui nel sotterraneo, ché hanno paura di vederselo comparire dinanzi, coi capelli rossi e gli occhiacci grigi.

portrayed as a villain even in a heroic death

L'AMANTE DI GRAMIGNA

A Salvatore Farina.

Caro Farina, eccoti non un racconto, ma l'abbozzo di un racconto. Esso almeno avrà il merito di essere brevissimo, e di esser storico - un documento umano, come dicono oggi - interessante forse per te, e per tutti coloro che studiano nel gran libro del cuore. Io te lo ripeterò così come l'ho raccolto pei viottoli dei campi, press'a poco colle medesime parole semplici e pittoresche della narrazione popolare, e tu veramente preferirai di trovarti faccia a faccia col fatto nudo e schietto, senza stare a cercarlo fra le linee del libro, attraverso la lente dello scrittore. Il semplice fatto umano farà pensare sempre; avrà sempre l'efficacia dell'essere stato, delle lagrime vere, delle febbri e delle sensazioni che sono passate per la carne. Il misterioso processo per cui le passioni si annodano, si intrecciano, maturano, si svolgono nel loro cammino sotterraneo, nei loro andirivieni che spesso sembrano contradditori, costituirà per lungo tempo ancora la possente attrattiva di quel fenomeno psicologico che forma l'argomento di un racconto, e che l'analisi moderna si studia di seguire con scrupolo scientifico. Di questo che ti narro oggi, ti dirò soltanto il punto di partenza e quello d'arrivo; e per te basterà, - e un giorno forse basterà per tutti.

Noi rifacciamo il processo artistico al quale dobbiamo tanti monumenti gloriosi, con metodo diverso, più minuzioso e più intimo. Sacrifichiamo volentieri l'effetto della catastrofe, allo sviluppo logico, necessario delle passioni e dei fatti verso la catastrofe resa meno impreveduta, meno drammatica forse, ma non meno fatale. Siamo più modesti, se non più umili; ma la dimostrazione di cotesto legame oscuro tra cause ed effetti non sarà certo meno utile all'arte dell'avvenire. Si arriverà mai a tal perfezionamento nello studio delle passioni, che diventerà inutile il proseguire in cotesto studio dell'uomo interiore? La scienza del cuore umano, che sarà il frutto della nuova arte, svilupperà talmente e così generalmente tutte le virtù dell'immaginazione, che nell'avvenire i soli romanzi che si scriveranno saranno i fatti diversi?

Quando nel romanzo l'affinità e la coesione di ogni sua parte sarà così completa, che il processo della creazione rimarrà un mistero, come lo svolgersi delle passioni umane, e l'armonia delle sue forme sarà così perfetta, la sincerità della sua realtà così evidente, il suo modo e la sua ragione di essere così necessarie, che la mano dell'artista rimarrà assolutamente invisibile, allora avrà l'impronta dell'avvenimento reale, l'opera d'arte sembrerà essersi fatta da sé, aver maturato ed esser sòrta spontanea, come un fatto naturale, senza serbare alcun punto di contatto col suo autore, alcuna macchia del peccato d'origine.

Parecchi anni or sono, laggiù lungo il Simeto, davano la caccia a un brigante, certo Gramigna, se non erro, un nome maledetto come l'erba che lo porta, il quale da un capo all'altro della provincia s'era lasciato dietro il terrore della sua fama. Carabinieri, soldati, e militi a cavallo, lo inseguivano da due mesi, senza esser riesciti a mettergli le unghie addosso: era solo, ma valeva per dieci, e la mala pianta minacciava di moltiplicarsi. Per giunta si approssimava il tempo della messe, tutta la raccolta dell'annata in man di Dio, ché i proprietarii non s'arrischiavano a uscir dal paese pel timor di Gramigna; sicché le lagnanze erano generali. Il prefetto fece chiamare tutti quei signori della questura, dei carabinieri, dei compagni d'armi, e subito in moto pattuglie, squadriglie, vedette per ogni fossato, e dietro ogni murícciolo: se lo cacciavano dinanzi come una mala bestia per tutta una provincia, di giorno, di notte, a piedi, a cavallo, col telegrafo. Gramigna sgusciava loro di mano, o rispondeva a schioppettate, se gli camminavano un po' troppo sulle calcagna. Nelle campagne, nei villaggi, per le fattorie, sotto le frasche delle osterie, nei luoghi di ritrovo, non si parlava d'altro che di lui, di Gramigna, di quella caccia accanita, di quella fuga disperata. I cavalli dei carabinieri cascavano stanchi morti; i compagni d'armi si buttavano rifiniti per terra, in tutte le stalle; le pattuglie dormivano all'impiedi; egli solo, Gramigna, non era stanco mai, non dormiva mai, combatteva sempre, s'arrampicava sui precipizi, strisciava fra le messi, correva carponi nel folto dei fichidindia, sgattajolava come un lupo nel letto asciutto dei torrenti. Per duecento miglia all'intorno, correva la leggenda delle sue gesta, del suo coraggio, della sua forza, di quella lotta disperata, lui solo contro mille, stanco, affamato, arso dalla sete, nella pianura immensa, arsa, sotto il sole di giugno.

Peppa, una delle più belle ragazze di Licodia, doveva sposare in quel tempo compare Finu "candela di sego" che aveva terre al sole e una mula baia in stalla, ed era un giovanotto grande e bello come il sole, che portava lo stendardo di Santa Margherita come fosse un pilastro, senza piegare le reni.

La madre di Peppa piangeva dalla contentezza per la gran fortuna toccata alla figliuola, e passava il tempo a voltare e rivoltare nel baule il corredo della sposa, "tutto di roba bianca a quattro" come quella di una regina, e orecchini che le arrivavano alle spalle, e anelli d'oro per le dieci dita delle mani: dell'oro ne aveva quanto ne poteva avere Santa

Margherita, e dovevano sposarsi giusto per Santa Margherita, che cadeva in giugno, dopo la mietitura del fieno. "Candela di sego" nel tornare ogni sera dalla campagna, lasciava la mula all'uscio della Peppa, e veniva a dirle che i seminati erano un incanto, se Gramigna non vi appiccava il fuoco, e il graticcio di contro al letto non sarebbe bastato a contenere tutto il grano della raccolta, che gli pareva mill'anni di condursi la sposa in casa, in groppa alla mula baia. Ma Peppa un bel giorno gli disse:

- La vostra mula lasciatela stare, perché non voglio maritarmi -

Figurati il putiferio! La vecchia si strappava i capelli, "Candela di sego" era rimasto a bocca aperta.

Che è, che non è, Peppa s'era scaldata la testa per Gramigna, senza conoscerlo neppure. Quello sì, ch'era un uomo! - Che ne sai? - Dove l'hai visto? - Nulla. Peppa non rispondeva neppure, colla testa bassa, la faccia dura, senza pietà per la mamma che faceva come una pazza, coi capelli grigi al vento, e pareva una strega. - Ah! quel demonio è venuto sin qui a stregarmi la mia figliuola! -

Le comari che avevano invidiato a Peppa il seminato prosperoso, la mula baia, e il bel giovanotto che portava lo stendardo di Santa Margherita senza piegar le reni, andavano dicendo ogni sorta di brutte storie, che Gramigna veniva a trovare la ragazza di notte in cucina, e che glielo avevano visto nascosto sotto il letto. La povera madre teneva accesa una lampada alle anime del purgatorio, e persino il curato era andato in casa di Peppa, a toccarle il cuore colla stola, onde scacciare quel diavolo di Gramigna che ne aveva preso possesso.

Però ella seguitava a dire che non lo conosceva neanche di vista quel cristiano; ma invece pensava sempre a lui; lo vedeva in sogno, la notte, e alla mattina si levava colle labbra arse, assetata anch'essa, come lui.

Allora la vecchia la chiuse in casa, perché non sentisse più parlare di Gramigna, e tappò tutte le fessure dell'uscio con immagini di santi

Peppa ascoltava quello che dicevano nella strada, dietro le immagini benedette, e si faceva pallida e rossa, come se il diavolo le soffiasse tutto l'inferno nella faccia.

Finalmente si sentì che avevano scovato Gramigna nei fichidindia di Palagonia.

- Ha fatto due ore di fuoco! - dicevano; - c'è un carabiniere morto, e più di tre compagni d'armi feriti. Ma gli hanno tirato addosso tal gragnuola di fucilate che stavolta hanno trovato un lago di sangue dove egli era stato -.

Una notte Peppa si fece la croce dinanzi al capezzale della vecchia e fuggì dalla finestra.

Gramigna era proprio nei fichidindia di Palagonia - non avevano potuto scovarlo in quel forteto da conigli - lacero, insanguinato, pallido per due giorni di fame, arso dalla febbre, e colla carabina spianata.

Come la vide venire, risoluta, in mezzo alle macchie fitte, nel fosco chiarore dell'alba, ci pensò un momento, se dovesse lasciar partire il colpo.

- Che vuoi? - le chiese. - Che vieni a far qui?

Ella non rispose, guardandolo fisso.

- Vattene! - diss'egli, - vattene, finché t'aiuta Cristo!

- Adesso non posso più tornare a casa, - rispose lei; - la strada è tutta piena di soldati.

- Cosa m'importa? Vattene! -

E la prese di mira colla carabina. Come essa non si moveva, Gramigna, sbalordito, le andò coi pugni addosso:

- Dunque?... Sei pazza?... O sei qualche spia?

- No, - diss'ella, - no!

- Bene, va a prendermi un fiasco d'acqua, laggiù nel torrente, quand'è così -.

Peppa andò senza dir nulla, e quando Gramigna udì le fucilate si mise a sghignazzare, e disse fra sé:

- Queste erano per me -.

Ma poco dopo vide ritornare la ragazza col fiasco in mano, lacera e insanguinata. Egli le si buttò addosso, assetato, e poich'ebbe bevuto da mancargli il fiato, le disse infine:

- Vuoi venire con me?

- Sì, - accennò ella col capo avidamente, - sì -.

E lo seguì per valli e monti, affamata, seminuda, correndo spesso a cercargli un fiasco d'acqua o un tozzo di pane a rischio della vita. Se tornava colle mani vuote, in mezzo alle fucilate, il suo amante, divorato dalla fame e dalla sete, la batteva.

Una notte c'era la luna, e si udivano latrare i cani, lontano, nella pianura. Gramigna balzò in piedi a un tratto, e le disse:

- Tu resta qui, o t'ammazzo com'è vero Dio! -

Lei addossata alla rupe, in fondo al burrone, lui invece a correre tra i fichidindia. Però gli altri, più furbi, gli venivano incontro giusto da quella parte.

- Ferma! ferma! -

E le schioppettate fioccarono. Peppa, che tremava solo per lui, se lo vide tornare ferito, che si strascinava appena, e si buttava carponi per ricaricare la carabina.

- È finita! - disse lui. - Ora mi prendono -; e aveva la schiuma alla bocca, gli occhi lucenti come quelli del lupo.

Appena cadde sui rami secchi come un fascio di legna, i compagni d'armi gli furono addosso tutti in una volta.

Il giorno dopo lo strascinarono per le vie del villaggio, su di un carro, tutto lacero e sanguinoso. La gente gli si accalcava intorno per vederlo; e la sua amante, anche lei, ammanettata, come una ladra, lei che ci aveva dell'oro quanto Santa Margherita!

La povera madre di Peppa dovette vendere "tutta la roba bianca" del corredo, e gli orecchini d'oro, e gli anelli per le dieci dita , onde pagare gli avvocati di sua figlia , e tirarsela di nuovo in casa, povera, malata, svergognata, e col figlio di Gramigna in collo. In paese nessuno la vide più mai. Stava rincantucciata nella cucina come una bestia feroce, e ne uscì soltanto allorché la sua vecchia fu morta di stenti, e si dovette vendere la casa.

Allora, di notte, se ne andò via dal paese, lasciando il figliuolo ai trovatelli, senza voltarsi indietro neppure, e se ne venne alla città dove le avevano detto ch'era in carcere Gramigna. Gironzava intorno a quel gran fabbricato tetro, guardando le inferriate, cercando dove potesse esser lui, cogli sbirri alle calcagna, insultata e scacciata ad ogni passo.

Finalmente seppe che il suo amante non era più lì, l'avevano condotto via, di là del mare, ammanettato e colla sporta al collo. Che poteva fare? Rimase dov'era, a buscarsi il pane rendendo qualche servizio ai soldati, ai carcerieri, come facesse parte ella stessa di quel gran fabbricato tetro e silenzioso. Verso i carabinieri poi, che le avevano preso Gramigna nel folto dei fichidindia, sentiva una specie di tenerezza rispettosa, come l'ammirazione bruta della forza, ed era sempre per la caserma, spazzando i cameroni e lustrando gli stivali, tanto che la chiamavano "lo strofinacciolo della caserma". Soltanto quando partivano per qualche spedizione rischiosa, e li vedeva caricare le armi, diventava pallida e pensava a Gramigna.

GUERRA DI SANTI

Tutt'a un tratto, mentre San Rocco se ne andava tranquillamente per la sua strada, sotto il baldacchino, coi cani al guinzaglio, un gran numero di ceri accesi tutt'intorno, e la banda, la processione, la calca dei devoti, accadde una parapiglia, un fuggi fuggi, un casa del diavolo: preti che scappavano colle sottane per aria, trombe e clarinetti sulla faccia, donne che strillavano, il sangue a rigagnoli, e le legnate che piovevano come pere fradicie fin sotto il naso di San Rocco benedetto. Accorsero il pretore, il sindaco, i carabinieri; le ossa rotte furono portate all'ospedale, i più riottosi andarono a dormire in prigione, il santo tornò in chiesa di corsa più che a passo di processione, e la festa finì come le commedie di Pulcinella.

Tutto ciò per l'invidia di que' del quartiere di San Pasquale, perché quell'anno i devoti di San Rocco avevano speso gli occhi della testa per far le cose in grande; era venuta la banda dalla città, si erano sparati più di duemila mortaretti, e c'era persino uno stendardo nuovo, tutto ricamato d'oro, che pesava più d'un quintale, dicevano, e in mezzo alla folla sembrava una "spuma d'oro" addirittura. Tutto ciò urtava maledettamente i nervi ai devoti di San Pasquale, sicché uno di loro alla fine smarrì la pazienza, e si diede a urlare, pallido dalla bile: - Viva San Pasquale! - Allora s'erano messe le legnate.

Certo andare a dire "viva San Pasquale" sul mostaccio di San Rocco in persona è una provocazione bella e buona; è come venirvi a sputare in casa, o come uno che si diverte a dar dei pizzicotti alla donna che avete sotto il braccio. In tal caso non c'è più né cristi né diavoli, e si mette sotto i piedi quel po' di rispetto che si ha anche per gli altri santi, che infine fra di loro son tutt'una cosa. Se si è in chiesa, vanno in aria le panche; nelle processioni piovono pezzi di torcetti come pipistrelli, e a tavola volano le scodelle.

- Santo diavolone! - urlava compare Nino, tutto pesto e malconcio. - Voglio un po' vedere chi gli basta l'anima di gridare ancora "viva San Pasquale!".

- Io! - rispose furibondo Turi il "conciapelli" il quale doveva essergli cognato, ed era fuori di sé per un pugno acchiappato nella mischia, che lo aveva mezzo accecato. - Viva San Pasquale, sino alla morte!

- Per l'amor di Dio! per l'amor di Dio! - strillava sua sorella Saridda, cacciandosi tra il fratello ed il fidanzato, ché tutti e tre erano andati a spasso d'amore e d'accordo sino a quel momento.

Compare Nino, il fidanzato, vociava per ischerno:

- Viva i miei stivali! viva san stivale!

- Te'! - urlò Turi colla spuma alla bocca, e l'occhio gonfio e livido al pari d'un petronciano. - Te', per San Rocco, tu dei stivali! Prendi! -

Così si scambiarono dei pugni che avrebbero accoppato un bue, sino a quando gli amici riuscirono a separarli, a furia di busse e di pedate. Saridda, scaldatasi anche lei, strillava - viva San Pasquale -, che per poco non si presero a ceffoni collo sposo, come fossero già stati marito e moglie. - In tali occasioni si accapigliano i genitori coi figliuoli, e le mogli si separano dai mariti, se per disgrazia una del quartiere di San Pasquale ha sposato uno di San Rocco.

- Non voglio sentirne parlare più di quel cristiano! - sbraitava Saridda, coi pugni sui fianchi, alle vicine che le domandavano come era andato all'aria il matrimonio. - Neanche se me lo danno vestito d'oro e d'argento, sentite!

- Per conto mio Saridda può far la muffa! - diceva dal canto suo compare Nino, mentre gli lavavano all'osteria il viso tutto sporco di sangue. - Una manica di pezzenti e di poltroni, in quel quartiere di conciapelli! Quando m'è saltato in testa d'andare a cercarmi colà l'innamorata dovevo essere ubriaco.

- Giacch'è così! - aveva conchiuso il sindaco - e non si può portare un santo in piazza senza legnate, che è una vera porcheria, non voglio più feste, né quarant'ore! e se mi mettono fuori un moccolo, che è un moccolo! li caccio tutti in prigione.

La faccenda poi s'era fatta grossa, perché il vescovo della diocesi aveva accordato il privilegio di portar la mozzetta ai canonici di San Pasquale, e quelli di San Rocco, che avevano i preti senza mozzetta, erano andati fino a Roma, a fare il diavolo ai piedi del Santo Padre, coi documenti in mano, su carta bollata e ogni cosa; ma tutto era stato inutile, giacché i loro avversari del quartiere basso, che ognuno se li rammentava senza scarpe ai piedi, s'erano arricchiti come porci, colla nuova industria della concia delle pelli, e a questo mondo si sa, che la giustizia si compra e vende come l'anima di Giuda.

A San Pasquale aspettavano il delegato di monsignore, il quale era un uomo di proposito, che ci aveva due fibbie d'argento di mezza libra l'una alle scarpe, chi l'aveva visto, e veniva a portare la mozzetta ai canonici; perciò avevano scritturato anche loro la banda, per andare ad incontrare il delegato di monsignore tre miglia fuori del paese, e si diceva che la sera ci sarebbero stati i fuochi in piazza, con tanto di "Viva San Pasquale" a lettere di scatola.

Gli abitanti del quartiere alto erano quindi in gran fermento, e alcuni, più eccitati, mondavano certi randelli di pero e di ciliegio grossi come stanghe, e borbottavano:

- Se ci dev'essere la musica, si ha da portar la battuta! -

Il delegato del vescovo correva un gran pericolo di uscirne colle ossa rotte, dalla sua entrata trionfale. Ma il reverendo, furbo, lasciò la banda ad aspettarlo fuor del paese, e a piedi, per le scorciatoie, se ne venne pian piano alla casa del parroco, dove fece riunire i caporioni dei due partiti.

Come quei galantuomini si trovarono faccia a faccia, dopo tanto tempo che litigavano, cominciarono a guardarsi nel bianco degli occhi, quasi sentissero una gran voglia di strapparseli a vicenda, e ci volle tutta l'autorità del reverendo, il quale s'era messo per la circostanza il ferraiuolo di panno nuovo, per far venire i gelati e gli altri rinfreschi senza inconvenienti.

- Così va bene! - approvava il sindaco col naso nel bicchiere, - quando mi volete per la pace, mi ci trovate sempre -.

Il delegato disse infatti ch'egli era venuto per la conciliazione, col ramoscello d'ulivo in bocca, come la colomba di Noè, e facendo il fervorino andava distribuendo sorrisi e strette di mano, dicendo a tutti: - Loro signori favoriranno in sagrestia, a prendere la cioccolata, il dì della festa.

- Lasciamo stare la festa, - disse il vicepretore, - se no, nasceranno degli altri guai.

- I guai nasceranno se si fanno di queste prepotenze, che uno non è più padrone di spassarsela come vuole, spendendo i suoi denari! - esclamò Bruno il carradore.

- Io me ne lavo le mani. Gli ordini del governo sono precisi. Se fate la festa mando a chiamare i carabinieri. Io voglio l'ordine.

- Dell'ordine rispondo io - sentenziò il sindaco, picchiando in terra coll'ombrella, e girando lo sguardo intorno.

- Bravo! come se non si sapesse che chi vi tira i mantici in Consiglio è vostro cognato Bruno! - ripicchiò il vicepretore.

- E voi fate l'opposizione per la picca di quella contravvenzione del bucato che non potete mandar giù!

- Signori miei! signori miei! - andava raccomandando il delegato. - Così non facciamo nulla.

- Faremo la rivoluzione, faremo! - urlava Bruno colle mani in aria.

Per fortuna, il parroco aveva messo in salvo, lesto lesto, le chicchere e i bicchieri, e il sagrestano era corso a rompicollo a licenziare la banda, che, saputo l'arrivo del delegato, accorreva a dargli il benvenuto, soffiando nei corni e nei tromboni.

- Così non si fa nulla! - borbottava il delegato; e gli seccava pure che le messi fossero già mature, di là delle sue parti, mentre ei se ne stava a perdere il suo tempo con compare Bruno e col vicepretore, che volevano mangiarsi l'anima.

- Cos'è questa storia della contravvenzione pel bucato?

- Le solite prepotenze. Ora non si può sciorinare un fazzoletto da naso alla finestra, che subito vi chiappano la multa. La moglie del vicepretore, fidandosi che suo marito era in carica, - sinora un po' di riguardo c'era sempre stato per le autorità, - soleva mettere ad asciugare sul terrazzino tutto il bucato della settimana, si sa... quel po' di grazia di Dio!... Ma adesso, colla nuova legge, è peccato mortale, e son proibiti perfino i cani e le galline, e gli altri animali, con rispetto, che fino ad ora facevano la polizia delle strade. Alle prime pioggie, se Dio vuole, l'avremo sino al mostaccio, il sudiciume.

Il delegato del vescovo, per conciliare gli animi, stava inchiodato nel confessionario come una civetta, dalla mattina alla sera, e tutte le donne volevano essere confessate da lui, che ci aveva l'assoluzione plenaria per ogni sorta di peccati, quasi fosse stata la persona stessa di monsignore.

- Padre! - gli diceva Saridda col naso alla graticola del confessionario. - Compare Nino ogni domenica mi fa far peccati in chiesa.

- In che modo, figliuola mia?

- Quel cristiano doveva esser mio marito, prima che vi fossero queste chiacchiere in paese; ma ora che il matrimonio è rotto, si pianta vicino all'altar maggiore, per guardarmi, e ridere coi suoi amici, tutto il tempo della messa -.

E come il reverendo cercava di toccare il cuore a compare Nino:

- È lei piuttosto che mi volta le spalle, quando mi vede, quasi fossi uno scomunicato! - rispondeva il contadino.

Egli invece, se la gnà Saridda passava dalla piazza la domenica, affettava di esser tutt'uno col brigadiere, o con qualche altro pezzo grosso, e non si accorgeva nemmeno di lei. Saridda era occupatissima a preparare lampioncini di carta colorata, e glieli schierava sul naso, lungo il davanzale, col pretesto di metterli ad asciugare. Una volta che si trovarono insieme in un battesimo, non si salutarono nemmeno, come se non si fossero mai visti, e anzi Saridda fece la civetta col compare che aveva battezzata la bambina.

- Compare da strapazzo! - sogghignava Nino. - Compare di bambina! Quando nasce una femmina si rompono persino i travicelli del tetto -.

E Saridda, fingendo di parlare colla puerpera:

- Tutto il male non viene per nuocere. Alle volte, quando vi pare d'aver perso un tesoro, dovete ringraziar Dio e San Pasquale! ché prima di conoscere bene una persona bisogna mangiare sette salme di sale

- Già, le disgrazie bisogna pigliarle come vengono; il peggio è guastarsi il sangue per cose che non ne valgono la pena. Morto un papa, se ne fa un altro -.

In piazza suonava il tamburo, quello della meta.

- Il sindaco dice che vi sarà la festa, - sussurravano nella folla.

- Litigherò sino alla consumazione dei secoli! Mi ridurrò povero e in camicia come il Santo Giobbe, ma quelle cinque lire di multa non le pagherò, dovessi lasciarlo nel testamento!

- Sangue d'un cane! che festa vogliono fare se quest'anno morremo tutti di fame? - esclamava Nino.

Sin dal mese di marzo non pioveva una goccia d'acqua, e i seminati, gialli, che scoppiettavano come l'esca "morivano di sete". Bruno il carradore diceva invece che appena San

Pasquale esciva in processione pioveva di certo. Ma che gliene importava della pioggia a lui, se faceva il carradore, e a tutti gli altri conciapelli del suo partito?...

Infatti portarono San Pasquale in processione a levante e a ponente, e l'affacciarono sul poggio, a benedir la campagna, in una giornata afosa di maggio, tutta nuvoli - una di quelle giornate in cui i contadini si strappano i capelli dinanzi ai campi "bruciati", e le spighe chinano il capo proprio come se morissero.

- San Pasquale maledetto! - gridava Nino sputando in aria, e correndo come un pazzo pel seminato. - M'avete rovinato, San Pasquale ladro! Non mi avete lasciato altro che la falce per tagliarmi il collo! -

Nel quartiere alto era una desolazione: una di quelle annate lunghe, in cui la fame comincia a giugno, e le donne stanno sugli usci, spettinate e senza far nulla, coll'occhio fisso. La gnà Saridda, all'udire che si vendeva in piazza la mula di compare Nino, onde pagare il fitto della terra che non aveva dato nulla, si sentì sbollire la collera in un attimo, e mandò in fretta e in furia suo fratello Turi, con quei soldi che avevano da parte, per aiutarlo.

Nino era in un canto della piazza, cogli occhi astratti e le mani in tasca, mentre gli vendevano la mula, tutta in fronzoli e colla cavezza nuova.

- Non voglio nulla - ei rispose torvo. - Le braccia mi restano ancora, grazie a Dio! Bel santo, quel San Pasquale, eh! -

Turi gli voltò le spalle per non finirla brutta, e se ne andò. Ma la verità era che gli animi si trovavano esasperati, ora che San Pasquale l'avevano portato in processione a levante e a ponente con quel bel risultato. Il peggio era che molti del quartiere di San Rocco si erano lasciati indurre ad andare colla processione anche loro, picchiandosi come asini, e colla corona di spine in capo, per amor del seminato. Ora poi si sfogavano in improperi, tanto che il delegato di monsignore aveva dovuto battersela a piedi e senza banda, com'era venuto.

Il vicepretore, per prendersi una rivincita sul carradore, telegrafava che gli animi erano eccitati, e l'ordine pubblico compromesso; sicché un bel giorno si udì la notizia che nella notte erano arrivati i Compagni d'Arme, e ognuno poteva andare a vederli nello stallatico.

- Son venuti pel colera, - dicevano però degli altri. - Laggiù nella città la gente muore come le mosche -.

Lo speziale mise il catenaccio alla bottega, il dottore scappò il primo di tutti, perché non l'accoppassero.

- Non sarà nulla, - dicevano quei pochi rimasti in paese, che non erano potuti fuggire qua e là per la campagna. - San Rocco benedetto lo guarderà il suo paese! e il primo che va in giro di notte gli faremo la pelle! -

E anche quelli del quartiere basso erano corsi a piedi scalzi nella chiesa di San Rocco. Però di lì a poco i colerosi cominciarono a spesseggiare come i goccioloni grossi che annunziano il temporale - e di questo dicevasi ch'era un maiale, e aveva voluto morire per fare una scorpacciata di fichidindia - e di quell'altro che era tornato da campagna a notte fatta. Insomma il colera era venuto bello e buono, malgrado la guardia, e alla barba di San Rocco, nonostante che una vecchia in odore di santità avesse sognato che San Rocco in persona le diceva:

- Del colera non abbiate paura, che ci penso io, e non sono come quel disutilaccio di San Pasquale -.

Nino e Turi non si erano più visti dopo l'affare della mula; ma appena il contadino intese dire che fratello e sorella erano malati tutti e due, corse alla loro casa, e trovò Saridda nera e contraffatta, in fondo alla stanzuccia, accanto a suo fratello il quale stava meglio, lui, ma si strappava i capelli e non sapeva più che fare.

- Ah! San Rocco ladro! - si mise a gemere Nino. - Questa non me l'aspettava! O gnà Saridda, che non mi conoscete più? Nino, quello di una volta? -

La gnà Saridda lo guardava con certi occhi infossati che ci voleva la lanterna a trovarli, e Nino ci aveva due fontane ai suoi occhi. - Ah, San Rocco! - diceva lui, - questo tiro è più birbone di quello che ci ha fatto San Pasquale!

Però la Saridda guarì, e mentre stava sull'uscio, col capo avvolto nel fazzoletto, gialla come la cera vergine, gli andava dicendo:

- San Rocco mi ha fatto il miracolo, e dovete venirci anche voi a portargli la candela per la sua festa -.

Nino, col cuore gonfio, diceva di sì col capo; ma intanto aveva preso il male anche lui, e stette per morire. Saridda allora si graffiava il viso, e diceva che voleva morire con lui, e si sarebbe tagliati i capelli e glieli avrebbe messi nel cataletto, ché nessuno l'avrebbe più vista in faccia, finché era viva.

- No! no! - rispondeva Nino, col viso disfatto. - I capelli torneranno a crescere; ma chi non ti vedrà più sarò io, che sarò morto.

- Bel miracolo che ti ha fatto San Rocco! - gli diceva Turi, per consolarlo.

E tutti e due, convalescenti, mentre si scaldavano al sole, colle spalle al muro e il viso lungo, si gettavano in viso l'un l'altro San Rocco e San Pasquale.

Una volta passò Bruno il carradore, che tornava di fuori a colera finito, e disse:

- Vogliamo fare una gran festa, per ringraziare San Pasquale di averci salvati tutti quanti siamo. D'ora innanzi non ci saranno più arruffapopoli, né oppositori, ora che è morto quel vicepretore che ha lasciato la lite nel testamento.

- Sì, faremo la festa per quelli che son morti! - sogghignò Nino.

- E tu che sei vivo per San Rocco forse?

- La volete finire, - saltò su Saridda, - che poi ci vorrà un altro colera, per far la pace! -

PENTOLACCIA

Adesso viene la volta di "Pentolaccia" ch'è un bell'originale anche lui, e ci fa la sua figura fra tante bestie che sono alla fiera, e ognuno passando gli dice la sua. Lui quel nomaccio se lo meritava proprio, ché aveva la pentola piena tutti i giorni, prima Dio e sua moglie, e mangiava e beveva alla barba di compare don Liborio, meglio di un re di corona.

Uno che non abbia mai avuto il viziaccio della gelosia, e ha chinato sempre il capo in santa pace, che Santo Isidoro ce ne scampi e liberi, se gli salta poi il ghiribizzo di fare il matto, la galera gli sta bene.

Aveva voluto sposare la Venera per forza, sebbene non ci avesse né re né regno, e anche lui dovesse far capitale sulle sue braccia, per buscarsi il pane. Inutile sua madre, poveretta, gli dicesse: - Lascia star la Venera, che non fa per te; porta la mantellina a mezza testa, e fa vedere il piede quando va per la strada -. I vecchi ne sanno più di noi, e bisogna ascoltarli, pel nostro meglio.

Ma lui ci aveva sempre pel capo quella scarpetta e quegli occhi ladri che cercano il marito fuori della mantellina: perciò se la prese senza volere udir altro, e la madre uscì di casa, dopo trent'anni che c'era stata, perché suocera e nuora insieme ci stanno proprio come cani e gatti. La nuora, con quel suo bocchino melato, tanto disse e tanto fece, che la povera vecchia brontolona dovette lasciarle il campo libero, e andarsene a morire in un tugurio; fra marito e moglie erano anche liti e questioni, ogni volta che doveva pagarsi la mesata di quel tugurio. Quando infine la povera vecchia finì di penare, e lui corse al sentire che le avevano portato il viatico, non poté riceverne la benedizione, né cavare l'ultima parola di bocca alla moribonda, la quale aveva già le labbra incollate dalla morte, e il viso disfatto, nell'angolo della casuccia dove cominciava a farsi scuro, e aveva vivi solamente gli occhi, coi quali pareva che volesse dirgli tante cose. - Eh?... Eh?... -

Chi non rispetta i genitori fa il suo malanno e la brutta fine.

La povera vecchia morì col rammarico della mala riuscita che aveva fatto la moglie di suo figlio; e Dio le aveva accordato la grazia di andarsene da questo mondo, portandosi al mondo di là tutto quello che ci aveva nello stomaco contro la nuora, che sapeva come gli avrebbe fatto piangere il cuore, al figliuolo. Appena Venera era rimasta padrona della casa, colla briglia sul collo, ne aveva fatte tante e poi tante, che la gente ormai non chiamava altrimenti suo marito che con quel nomaccio, e quando arrivava a sentirlo anche lui, e si avventurava a lagnarsene colla moglie - Tu che ci credi? - gli diceva lei. E basta. Lui allora contento come una pasqua.

Era fatto così, poveretto, e sin qui non faceva male a nessuno. Se gliel'avessero fatta vedere coi suoi occhi, avrebbe detto che non era vero, grazia di Santa Lucia benedetta. A che giovava guastarsi il sangue? C'era la pace, la provvidenza in casa, la salute per giunta, ché compare don Liborio era anche medico; che si voleva d'altro, santo Iddio?

Con don Liborio facevano ogni cosa in comune: tenevano una chiusa a mezzeria, ci avevano una trentina di pecore, prendevano insieme dei pascoli in affitto, e don Liborio dava la sua parola in garanzia, quando si andava dinanzi al notaio. "Pentolaccia" gli portava le prime fave e i primi piselli, gli spaccava la legna per la cucina, gli pigiava l'uva nel palmento;

a lui in cambio non gli mancava nulla, né il grano nel graticcio, né il vino nella botte, né l'olio nell'orciuolo; sua moglie bianca e rossa come una mela, sfoggiava scarpe nuove e fazzoletti di seta, don Liborio non si faceva pagar le sue visite, e gli aveva battezzato anche un bambino. Insomma facevano una casa sola, ed ei chiamava don Liborio "signor compare" e lavorava con coscienza. Su tal riguardo non gli si poteva dir nulla a "Pentolaccia". Badava a far prosperare la società col "signor compare" il quale perciò ci aveva il suo vantaggio anche lui, ed erano contenti tutti.

Ora avvenne che questa pace degli angeli si mutò in una casa del diavolo tutt'a un tratto, in un giorno solo, in un momento, come gli altri contadini che lavoravano nel maggese, mentre chiacchieravano all'ombra, nell'ora del vespero, vennero per caso a leggergli la vita, a lui e a sua moglie, senza accorgersi che "Pentolaccia" s'era buttato a dormire dietro la siepe, e nessuno l'aveva visto. - Per questo si suol dire "quando mangi, chiudi l'uscio, e quando parli, guardati d'attorno".

Stavolta parve proprio che il diavolo andasse a stuzzicare "Pentolaccia" il quale dormiva, e gli soffiasse nell'orecchio gl'improperii che dicevano di lui, e glieli ficcasse nell'anima come un chiodo. - E quel becco di "Pentolaccia"! - dicevano, - che si rosica mezzo don Liborio! - e ci mangia e ci beve nel brago! - e c'ingrassa come un maiale! -

Che avvenne? Che gli passò pel capo a "Pentolaccia"? Si rizzò a un tratto senza dir nulla, e prese a correre verso il paese come se l'avesse morso la tarantola, senza vederci più degli occhi, che fin l'erba e i sassi gli sembravano rossi al pari del sangue. Sulla porta di casa sua incontrò don Liborio, il quale se ne andava tranquillamente, facendosi vento col cappello di paglia. - Sentite, "signor compare", - gli disse - se vi vedo un'altra volta in casa mia, com'è vero Dio, vi faccio la festa! -

Don Liborio lo guardò negli occhi, quasi parlasse turco, e gli parve che gli avesse dato volta al cervello, con quel caldo, perché davvero non si poteva immaginare che a "Pentolaccia" saltasse in mente da un momento all'altro di esser geloso, dopo tanto tempo che aveva chiuso gli occhi, ed era la miglior pasta d'uomo e di marito che fosse al mondo.

- Che avete oggi, compare? - gli disse.

- Ho, che se vi vedo un'altra volta in casa mia, com'è vero Dio, vi faccio la festa! -

Don Liborio si strinse nelle spalle e se ne andò ridendo. Lui entrò in casa tutto stralunato, e ripeté alla moglie:

- Se vedo qui un'altra volta il "signor compare" com'è vero Dio, gli faccio la festa! -

Venera si cacciò i pugni sui fianchi, e cominciò a sgridarlo e a dirgli degli improperi. Ei si ostinava a dire sempre di sì col capo, addossato alla parete, come un bue che ha la mosca, e non vuol sentir ragione. I bambini strillavano al veder quella novità. La moglie infine prese la stanga, e lo cacciò fuori dell'uscio per levarselo dinanzi, dicendogli che in casa sua era padrona di fare quello che le pareva e piaceva.

"Pentolaccia" non poteva più lavorare nel maggese, pensava sempre a una cosa, ed aveva una faccia di basilisco che nessuno gli conosceva. Prima d'imbrunire, ed era sabato, piantò la zappa nel solco, e se ne andò senza farsi saldare il conto della settimana. Sua moglie, vedendoselo arrivare senza denari, e per giunta due ore prima del consueto, tornò di nuovo a strapazzarlo, e voleva mandarlo in piazza, a comprarle delle acciughe salate, che si sentiva una spina nella gola. Ma ei non volle muoversi di lì, tenendosi la bambina fra le gambe, che, poveretta, non osava muoversi, e piagnucolava, per la paura che il babbo le faceva con quella faccia. Venera quella sera aveva un diavolo per cappello, e la gallina nera, appollaiata sulla scala, non finiva di chiocciare, come quando deve accadere una disgrazia.

Don Liborio soleva venire dopo le sue visite, prima d'andare al caffè, a far la sua partita di tresette; e quella sera Venera diceva che voleva farsi tastare il polso, perché tutto il giorno si era sentita la febbre, per quel male che ci aveva nella gola. "Pentolaccia" lui, stava zitto, e non si muoveva dal suo posto. Ma come si udì per la stradicciuola tranquilla il passo lento del dottore che se ne venìa adagio adagio, un po' stanco delle visite, soffiando pel caldo, e facendosi vento col cappello di paglia, "Pentolaccia" andò a prender la stanga colla quale sua moglie lo scacciava fuori di casa, quando egli era di troppo, e si appostò dietro l'uscio. Per disgrazia Venera non se ne accorse, giacché in quel momento era andata in cucina a mettere una bracciata di legna sotto la caldaia che bolliva. Appena don Liborio mise il piede nella stanza, suo compare levò la stanga, e gli lasciò cadere fra capo e collo tal colpo, che l'ammazzò come un bue, senza bisogno di medico, né di speziale.

Così fu che "Pentolaccia" andò a finire in galera.

IL COME, IL QUANDO ED IL PERCHÉ

Il signor Polidori e la signora Rinaldi si amavano - o credevano di amarsi - ciò che è precisamente la stessa cosa, alle volte; e in verità, se mai l'amore è di questa terra, essi erano fatti l'uno per l'altro: Polidori si godeva quarantamila lire di entrata, e una pessima riputazione di cattivo soggetto, la signora Rinaldi era una donnina vaporosa e leggiadra, e aveva un marito che lavorava per dieci, onde farla vivere come se possedesse quarantamila lire di rendita. Però sul conto di lei non era corsa la più innocente maldicenza, sebbene tutti gli amici di Polidori fossero passati in rivista, col fiore all'occhiello, dinanzi alla fiera beltà. Finalmente la fiera beltà era caduta - il caso, la fatalità, la volontà di Dio, o quella del diavolo, l'avevano tirata pel lembo della veste.

Quando si dice cadere intendesi che aveva lasciato cadere sul Polidori quel primo sguardo languido, molle, smarrito, che fa tremare le ginocchia al serpente messo in agguato sotto l'albero della seduzione. Le cadute a rotta di collo son rare, e alle volte fanno scappare il serpente. La signora Rinaldi, prima di scendere da un ramo all'altro, voleva vedere dove metteva i piedi, e faceva mille graziose moine col pretesto di voler fuggire verso le cime alte. Da circa un mese ella si era appollaiata sul ramoscello della corrispondenza epistolare, ramoscello flessibile e pericoloso, agitato da tutte le aurette profumate. - Avevano cominciato col pretesto di un libro da chiedere o da restituire, di una data da precisare, o che so io - la bella avrebbe voluto fermarvisi un pezzo, su quel ramo, a cinguettare graziosamente, perché le donne cinguettano sempre a meraviglia, così cullandosi fra il cielo e la terra; Polidori, il quale aveva vuotato il sacco, divenne presto arido, laconico, categorico che era una disperazione. La poveretta chiuse gli occhi e le ali, e si lasciò scivolare un altro po'.

- Non ho letto la vostra lettera; né voglio leggerla! - gli disse incontrandolo all'ultimo ballo della stagione, mentre seguivano la fila delle coppie. - Giacché non volete essere quello che vi avevo ideato, lasciatemi rimanere quale voglio essere io -.

Polidori la fissava serio serio, tormentandosi i baffi, ma colla fronte china. Gli altri ballerini che non avevano nessuna ragione per stare a chiacchierare nel vano dell'uscio, li spingevano verso il salone. La donna arrossì, quasi fosse stata sorpresa in un abboccamento segreto con lui.

Polidori - il serpente - notò quella vampa fugace. - Sapete che vi obbedirò ad ogni costo, - rispose semplicemente.

La croce di brillanti scintillò sul petto di lei, sollevandosi in trionfo. Tutta la sera la signora Rinaldi ballò come una pazza, passando da un ballerino all'altro, tirandosi dietro uno sciame di adoratori, cogli occhi ebbri di festa, luccicanti come le gemme che le formicolavano sul seno anelante. Però ad un tratto, trovandosi faccia a faccia colla sua immagine in un grande specchio, si fece seria e non volle ballar più. Rispondeva a tutti di sentirsi stanca, molto stanca; e macchinalmente cercava cogli occhi suo marito. Non c'era nemmen lui, quell'uomo! In quei dieci minuti che rimase accasciata sul canapè, senza curarsi che la sua veste si affagottava sgarbatamente, le passarono davanti agli occhi delle strane fantasie, insieme alle coppie che ballavano il valzer. Polidori solo non ballava, né si vedeva più. - Che uomo era mai costui? Finalmente lo scorse in fondo a una sala deserta, faccia a faccia con una testa pelata, che non doveva aver nulla da dire, sorridendo come un uomo per cui il sorriso sia indifferente anch'esso. - Ella avrebbe preferito sorprenderlo colla più bella signora della festa, in parola d'onore! - Polidori non se ne avvide. Si alzò, premuroso sempre, e le offrì il braccio.

In quel momento, proprio in quel momento doveva cacciarlesi fra i piedi anche suo marito, che cercava di lei. Allora, bruscamente, aggiustandosi sull'omero la scollatura della veste, con un leggiadro movimento della spalla, disse piano a Polidori, così piano che il fruscio della seta coprì quasi il suono della voce:

- Sia pure, domani alle nove, ai Giardini -.

Polidori s'inchinò profondamente e la lasciò passare, raggiante e commossa, al braccio del marito.

Giammai mattino di primavera non era sembrato così misteriosamente bello alla signora Rinaldi nella sua villa deliziosa della Brianza, e giammai ella non l'avea contemplato con occhio più distratto attraverso al cristallo scintillante del suo coupé, come quando il suo legnetto attraversava rapidamente la piazza Cavour. Il sole inondava i viali del giardino, caldo e dorato, sull'erba che incominciava a rinverdire; l'azzurro del cielo era profondo. Coteste impressioni, ad insaputa di lei, riverberavansi nei suoi grandi occhi neri, che guardavano lontano, non sapeva ella stessa dove, né che cosa, mentre appoggiava la mano e la fronte pallida alla manopola. Di tanto in tanto un brivido la faceva stringere nelle spalle, un brivido di stanchezza o di freddo.

Appena la carrozza si fermò al cancello, ella trasalì, e si tirò indietro vivamente, quasi suo marito si fosse affacciato all'improvviso allo sportello. Esitò alquanto prima di scendere, colla mano sulla maniglia pensando vagamente a quell'aspetto nuovo, sotto cui le si affacciava alla mente suo marito; poi mise il piede a terra e si calò il velo sul viso: un velo fitto, nero, tempestato di puntini, attraverso al quale gli occhi acquistavano alcunché di febbrile, e i lineamenti una rigidità di fantasma. La carrozza si allontanò di passo, senza far rumore, da carrozza discreta e ben educata.

Il giardino sembrava destato anche'esso prima dell'ora, e tutto sorpreso d'incominciar la sua giornata così presto. Degli uomini in manica di camicia lo lavavano, lo pettinavano, gli facevano la sua toeletta mattutina. Le poche persone che si incontravano avevano l'aspetto di trovarsi là a quell'ora per la prima volta, e per ordine del medico anche loro; osavano interrogare il velo della passeggiatrice mattiniera, e indovinare il profumo del fazzoletto nascosto nel manicotto che ella si premeva sul petto con forza. Un vecchio che si trascinava lentamente, cercando il sole di marzo, si fermò a guardarla, com'ella fu passata, appoggiandosi al bastone malfermo, e tentennò il capo tristamente.

La signora Rinaldi si arrestò dinanzi alla sponda del laghetto, saettando a dritta e a sinistra un'occhiata guardinga, cercando qualche cosa o qualcuno. Il mormorìo fresco dell'acqua, e lo stormire lieve lieve degli ippocastani la isolavano completamente; allora sollevò alquanto il velo, e cavò dal guanto un bigliettino meno grande di una carta da giuoco. Per due o tre minuti l'acqua seguitò a scorrere, e le foglie a stormire per conto loro. La donna aveva gli occhi assorti, avidi, umidi di sogni.

Tutt'a un tratto un passo frettoloso le fece rizzare il capo, e il sangue le avvampò sulle guance, come se gli occhi ardenti del nuovo arrivato le avessero sfiorato il viso con un bacio.

Polidori stava per portare la mano al cappello, quando ella gli arrestò il gesto con uno sguardo impercettibile, e gli passò vicino senza fissarlo.

Camminava a capo chino, ascoltando lo stridere della sabbia sotto i suoi stivalini, senza guardare dinanzi a sé. Di tanto in tanto si metteva il fazzoletto alla bocca; per riprender fiato, quasi il suo cuore divorasse avidamente tutta l'aria che la circondava.

L'onda lenta del ruscello l'accompagnava chetamente, borbottando sottovoce, addormentando le ultime sue paure; l'ombra dei cedri e il silenzio del viale deserto la penetravano vagamente, con sottile voluttà.

Quando si fermò dinanzi alla gabbia del leopardo il petto le scoppiava e i ginocchi le tremavano forte, ché accanto a lei si era fermato anche Polidori, guardando attentamente il superbo animale, con la curiosità che avrebbe mostrato un contadino sbandato per quelle parti, e le disse piano: - Grazie! -

Ella non rispose, si fece rossa, e strinse con forza i ferri della stia a cui appoggiava la fronte. Cotesta sensazione le faceva bene sulla epidermide della mano senza guanto. Chi avrebbe potuto immaginare che quella semplice parola, scambiata di furto, in fondo a quel deserto, dovesse vibrare tanto deliziosamente! No! davvero! C'era da perderci la testa! Ella si sentiva avvampare fin sulla nuca, che ei, ritto dietro le sue spalle, poteva vedere arrossire; un'onda di parole sconnesse e tumultuose le montavano alla testa, la ubbriacavano; parlava del ballo dove si era divertita assai; di suo marito il quale era partito all'alba, quand'ella non aveva ancora chiuso gli occhi.

- Però non sono stanca! quest'aria fresca fa bene, tanto bene! ci si sente rinascere, non è vero?

- Sì! è vero! - rispose Polidori guardandola fisso negli occhi; ma ella non osava levarli di terra.

- Quando sarò in Brianza voglio levarmi col sole tutti i giorni. In città facciamo una vita impossibile. Ma però voi altri signori dovete preferirla -.

Parlava in fretta, e con voce un po' troppo alta e squillante, sorridendo spesso, a caso; gli era grata inconsciamente che ei non osasse interromperla, non osasse mischiare la sua voce a quella di lei. Finalmente Polidori le disse: - Ma perché non avete voluto ricevermi a casa vostra? -

Ella gli piantò gli occhi in viso per la prima volta dacché erano lì, sorpresa, dolorosamente sorpresa. - Finora in tutto quello che avevano fatto, in tutto quello che avevano detto, il male non c'era stato che vagamente, in nube, nella loro intenzione, con squisita delicatezza che i suoi sensi finissimi assaporavano deliziosamente, come il leopardo sdraiato ai loro piedi si godeva il raggio caldo del sole, ammiccando la larga pupilla dorata, con quel medesimo inconscio e voluttuoso stiramento di membra. Richiamata così bruscamente alla realtà, stringeva le mani e le labbra con un'espressione dolorosa; gli occhi le si velarono quasi, seguendo nello spazio l'incantesimo che si era rotto, e gli fissò in volto quegli occhi stralunati. Tutta l'esperienza che possedeva Polidori non seppe fargli leggere quello che vi si scorgeva. - Ah! - disse poi con voce mutata, - sarebbe stato più prudente!...

- Siete crudele! - mormorò Polidori.

- No! - rispose ella sollevando il capo, un po' rossa, ma con accento fermo. - Non sono come tutte le altre signore, non sono prudente!... quando mi romperò il collo, vorrò godermi l'orrore del precipizio sotto di me! Tanto peggio per voi se non capite -.

Allora ei le afferrò la mano per forza, divorando tutta la sua bellezza palpitante con uno sguardo assetato, e balbettò:

- Volete?... volete?...

Ella non rispose, e fece uno sforzo per ritirare la mano.

Polidori implorava la sua grazia con parole concitate, deliranti. Le ripeteva una domanda, una preghiera, sempre la stessa, con diverse inflessioni di voce che andavano a ricercare la donna nelle più intime fibre di tutto il suo essere; ella ne sentiva la vampa, le sembrava di esserne avviluppata e divorata, soverchiata da un languore mortale e delizioso; e cercava di svincolarsi, pallida, smarrita, colle labbra convulse, spiando il viale di qua e di là con occhi pazzi di terrore, contorcendosi sotto quella stretta possente, facendo forza con tutte e due le mani febbrili per strapparsi da quell'altra mano che sentiva ardere sotto il guanto.

Infine, vinta, fuori di sé, balbettò:

- Sì! sì! sì! - e fuggì dinanzi a qualcuno di cui si udiva avvicinarsi il calpestìo.

Uscendo dal giardino era così sconvolta che stette per buttarsi sotto i cavalli di una carrozza. Aveva avuto un appuntamento! Quello era stato un appuntamento! E ripeteva macchinalmente, balbettando: - È questo! è questo! - Si sentiva tutta piena ed ebbra di cotesta parola, e le sue labbra smorte agitavansi senza mandare alcun suono, vagamente assaporando la colpa.

Andò barcollante sino alla prima carrozza che incontrò; e si fece condurre dalla sua Erminia, quasi in cerca di aiuto. La sua amica, vedendosela comparire dinanzi con quel viso, le corse incontro fin sull'uscio del salotto. - Che hai?

- Nulla! nulla!

- Come sei bella! Cos'hai?

Ella, invece di rispondere, le saltò al collo e le fece due baci pazzi.

La signora Erminia era abituata alle sfuriate d'amicizia della sua Maria. Si misero a guardare insieme le fotografie che avevano viste cento volte, e i fiori che erano da un mese sul terrazzino.

In quel momento, per combinazione, passava Polidori nel phaeton del suo amico Guidetti, col sigaro in bocca, e salutò la signora Erminia allo stesso modo come avrebbe potuto salutare Maria, se l'avesse scorta rincantucciata fra gli arbusti, premendosi le mani sul petto che voleva scoppiarle. Era una cosa da nulla; ma uno di quei nonnulla che penetrano in tutto l'essere di una donna come la punta di un ago. Allora, tornando a casa, la signora Rinaldi scrisse a Polidori una lunga lettera, calma e dignitosa, onde pregarlo di rinunciare a quell'appuntamento, di cui le aveva strappata la promessa in un momento di aberrazione, un momento che rammentava ancora con confusione e rossore, per sua punizione. C'era tanta sincerità nella contraddizione dei suoi sentimenti, che quell'istante d'abbandono, dopo un'ora sembrava infinitamente lontano, e se qualche cosa di vivo vibrava tuttora fra le linee della lettera, era solo il rimpianto di sogni che si dileguavano così bruscamente. Ella faceva appello all'onore e alla delicatezza di lui per farle dimenticare il suo errore, e lasciarle la stima di se stessa.

Polidori si aspettava quasi quella lettera: la signora Rinaldi era troppo inesperta per non pentirsi dieci volte, prima di aver motivo di pentirsi davvero; ei fece una cosa che gli provò come quella donnina inesperta avesse ridestato in lui un sentimento schietto e forte con tutta la freschezza delle prime impressioni: le rimandò la lettera accompagnata da questa breve risposta:

"Vi amo con tutto il rispetto e la tenerezza che deve inspirare la vostra innocenza. Vi rimando la lettera che mi avete diretta, perché non sarei degno di conservarla, e non oserei distruggerla. Ma l'imprudenza che avete commesso scrivendo una tal lettera è la prova migliore della stima in cui deve avervi ogni uomo di cuore".

- Mio marito! - esclamava Maria con una strana intonazione di voce. - Ma mio marito è felicissimo! La rendita sale e scende per fargli piacere, i bachi sono andati bene, le commissioni piovono da ogni parte. C'è un cinquanta per cento di utili netti! -

Erminia la stava a guardare a bocca aperta.

- Senti, bambina, tu hai la febbre. Mesciamoci del the -.

Due giorni dopo, per guarire della febbre, che le aveva trovato la sua Erminia, le disse:

- Andrò in Brianza con Rinaldi. L'aria, l'ossigeno, la quiete, il canto degli usignoli, la famiglia... Che peccato non ci abbia dei bambini da cullare! -

Là, sotto gli alberi folti, di faccia ai larghi orizzonti, sentiva una strana irritazione contro quella pace che la invadeva lentamente, suo malgrado, dal di fuori. Andava spesso sulle balze pittoresche verso il tramonto, a sciuparsi gli stivalini, e a montarsi la testa di proposito con dei sentimenti presi a prestito nei romanzi. Polidori aveva avuto il buon gusto di eclissarsi con garbo, restando a Milano, senza far nulla di teatrale e di convenzionale, come uno che sa mettere della cortesia anche a farsi dimenticare. - Né ella avrebbe saputo dire se pensasse ancora a lui; ma provava delle aspirazioni indefinite, che nella solitudine le tenevano compagnia, l'avviluppavano mollemente e tenacemente in quell'inerzia pericolosa, e parlavano per lei nel silenzio solenne che la circondava, e l'uggiva. Ella sfogavasi a scrivere delle lunghe lettere alla sua amica, vantandole le delizie ignorate della campagna, la squilla dell'avemaria fra le valli, il sorger del sole sui monti; facendole il conto delle ova che raccoglieva la castalda, e del vino che si sarebbe imbottigliato quell'anno.

- Parlami un po' più dei tuoi libri e delle tue corse a cavallo, - rispondeva la Erminia. - Di' a tuo marito che non ti lasci andare al pollaio, o che ci venga anche lui -.

E un bel giorno, dopo un certo silenzio, si mise in viaggio, un po' inquieta, e andò a trovare la sua Maria.

- T'ho fatto paura? - le disse costei. - M'hai creduto un'anima desolata in via di annientarsi?

- No. T'ho creduto una che si annoia. Qui e una vera Tebaide: non c'è che da darsi a Dio o al diavolo. Vieni con me, a Villa d'Este. Voi mi permettete che ve la rubi, non è vero, Rinaldi?

- Ma io desidero che ella si diverta e sia allegra -.

A Villa d'Este c'era davvero da stare allegri: musica, balli, regate, corse sui vaporini, escursioni nei dintorni, un mondo di gente, bellissime toelette, e Polidori, il quale era l'anima di tutti i divertimenti.

La signora Rinaldi non sapeva che ci fosse anche lui; e Polidori, se avesse potuto prevedere la sua venuta, le avrebbe reso il servigio di non farsi trovare a Villa d'Este. Ma oramai aveva accettato certo incarico nell'organizzare le regate, e non poteva muoversi senza dar nell'occhio prima che le regate avessero avuto luogo. Egli fece capire tutto ciò alla signora Rinaldi, brevemente e delicatamente, la prima volta che si incontrarono nel salone, facendole in certo modo delle scuse velate, e scivolando sul passato con disinvoltura. Maria, superato quel primo istante di turbamento, si era sentita rinfrancare non solo, ma, per una strana reazione, il contegno riservato di lui le metteva in corpo degli accessi matti d'ironia. Egli diceva che sarebbe partito subito dopo le regate, perché aveva promesso di trovarsi con alcuni amici in Piemonte, per una gran caccia, e veramente gli rincresceva lasciare tante belle signore a Villa d'Este.

- Davvero? - domandò la signora Rinaldi con un certo risolino. - Chi le piace dippiù?

- Ma... tutte, - rispose tranquillamente Polidori, - la sua amica Erminia per esempio -.

Proprio! Ella non ci aveva mai pensato: la sua amica Erminia doveva far girare la testa ai signori uomini a preferenza di ogni altra, col suo visino piccante, e il suo spirito di diavolessa; così noncurante degli omaggi a cui era avvezza naturalmente - e marchesa per sopramercato - di quelle marchese che portano la loro corona sì fieramente, che ogni mortale sarebbe lietissimo di farsi accoppare per coglierle un fiore.

Colla sua Erminia erano sempre insieme, sul lago, sul monte, nel salone, sotto gli alberi. Adesso ella la osservava come se la vedesse per la prima volta; la studiava, la imitava e qualche volta anche le invidiava dei nonnulla. Senza volerlo, aveva scoperto che la sua Erminia, con tutte le sue arie da regina, era un tantino civetta, di quella civetteria che non impegna a nulla, ma contro la quale nondimeno tutti gli uomini vanno a rompersi il naso. Era un affar serio! Non si poteva fare un passo senza trovarsi fra i piedi Polidori, il bel Polidori, corteggiato come un re da tutte quelle signore, il quale senza aver l'aria di avvedersene comprometteva orribilmente l'Erminia - il peggio era che non se ne avvedeva neppur lei, e che tutti non accettavano ad occhi chiusi le risate che ella ne faceva. La signora Rinaldi pensava che se non fosse stato un tasto tanto delicato, ella l'avrebbe fatto suonare all'orecchio della sua amica, e le avrebbe fatto osservare che suono falso rendeva.

Perciò si sforzava di non farle scorgere nemmeno la pena che tutto quell'armeggìo le arrecava, pel bene che voleva ad Erminia, ben inteso - di Polidori poco le importava - era un uomo e faceva il suo mestiere, oramai!... eppoi era di quelli che sanno consolarsi. Ma Erminia aveva tutto da perdere a quel giuoco, con un marito come il suo, che le voleva bene, ed era proprio un marito ideale. Che talismano possedeva dunque quel Polidori per eclissare un uomo come il marchese Gandolfi nel cuore di una donna bella, intelligente e corteggiata come l'Erminia? Certe cose non si sanno spiegare.

Per nulla al mondo avrebbe voluto che anima viva si fosse accorta di quel che succedeva, e avrebbe voluto chiudere gli occhi a tutti gli altri come li chiudeva lei; ma francamente, c'era da perdere la pazienza.

- Mia cara, io non mi raccapezzo più, - le diceva Erminia ridendo, tranquilla, come se non si trattasse di lei. - Cos'hai? Alle volte mi sembra che io debba averti fatto qualcosa di grosso a mia insaputa! -

Oibò! quella povera Erminia come s'ingannava!... non le aveva fatto altro che la pena di vederla impaniarsi spensieratamente in quei pasticcio; anzi di lasciarvisi impaniare, perché quel Polidori sembrava impastarlo e rimpastarlo a suo grado con un'abilità diabolica. Doveva averne fatte molte di grosse quell'uomo, per aver acquistato quella maestria; era proprio un pessimo soggetto!

- Cara Maria! - le disse Erminia un bel giorno, e con un bel bacione. - Mi sembra che quel Polidori ti trotti un po' più del dovere per la testa. Guardati! è un individuo pericoloso, per una bambina come te!

- Io? - rispose ella stupefatta. - Io?... - e non sapeva trovare altre parole sotto quegli occhioni acuti di Erminia.

- Tanto meglio! tanto meglio! M'hai fatto una gran paura! tanto meglio!

- Per una bambina, - pensava Maria, - non mi usa molti riguardi, la mia Erminia! Certe cose cavano gli occhi! -

La signora Rinaldi era spietata per i corteggiatori eleganti, per gli innamorati ad ora fissa, nella passeggiata del parco o nelle serate di musica, pei conquistatori in guanti di Svezia. Una volta che Polidori si permise di fare qualche osservazione rispettosa in propria difesa, ella gli lanciò in faccia uno scoppio di risa squillanti.

- Oh! oh! -

Egli parve impallidire, colui, alfine! Siccome le altre signore gli ronzavano sempre attorno come api a Polidori - la colpa era di quelle signore che lo guastavano - ella soggiunse:

- Non vi fate scorgere, ne sarei desolata.

- Per chi?

- Per voi, per me... e per gli altri - per tutto il mondo -.

Questa volta ei non si lasciò sconcertare dal sarcasmo, e rispose con calma:

- Non mi preme che di voi -.

Ella avrebbe voluto colpirlo in viso con un altro getto di quella ilarità spietata e mordente, ma il riso le morì sulle labbra, dinanzi all'espressione che quelle due parole davano a tutta la fisonomia di lui.

- Potete insultarmi, - rispose egli, - ma non avete il diritto di dubitare del sentimento che avete messo nel mio cuore -.

Maria chinò il capo, vinta.

- Non ho rispettato ciecamente la vostra volontà, quale sia stata? Vi ho chiesto una spiegazione? Non ho prevenuto il vostro desiderio? e non son riuscito a far le viste di aver dimenticato quello che nessun uomo al mondo potrebbe dimenticare... da voi?... E se ho sofferto, per questo, c'è alcuno al mondo che mi abbia visto soffrire? -

Egli parlava con voce calma, con l'atteggiamento tranquillo che davano a quelle parole pacate un'eloquenza irresistibile.

- Voi!... - balbettò Maria.

- Io! - ribatte Polidori, - che vi amo ancora, e che non ve lo avrei detto giammai -.

Ella che si era fermata per strappare le foglie degli arbusti, fece due o tre passi per allontanarsi da lui, povera bambina! Polidori non ne fece uno solo per seguirla.

La signora Rinaldi era divenuta a un tratto malinconica e fantastica. Stava delle lunghe ore col libro aperto alla medesima pagina, colle dita vaganti sulla tastiera del pianoforte, col ricamo abbandonato sui ginocchi, a contemplare l'acqua, i monti e le stelle. Lo specchio del lago riverberava tutte le sfumature dei suoi pensieri più indefiniti, e provava una squisita voluttà a sentirseli ripercuotere dentro di sé, intenta, assorta. Perciò sfuggiva alle allegre brigate e preferiva errare in barchetta sul lago, sola, quando i monti vi stendevano larghe ombre verdi, o quando i remi luccicavano fra le tenebre, come spade d'acciaio, o quando il tramonto vi spirava tristamente con vaghe strisce amaranti; frapponeva la tenda fra sé e i barcaiuoli, e coricata sui cuscini godeva a sentirsi cullata sull'abisso, ad immergervisi quasi, tuffando la mano nell'acqua, sentendosene guadagnare tutta la persona con un brivido misterioso; le piaceva sprofondare il suo sguardo nel buio interminato, al di là delle stelle, e a fantasticare su quel che doveva rischiarare qualche lumicino lontano che tremolava fra il buio, nella china dei monti. Cercava i viali erbosi, i misteriosi silenzi del boschetto, o lo spettacolo del lago in quelle ore in cui il sole vi splendeva come su di uno specchio, o tutte le finestre dell'albergo stavano ancora chiuse, e la rugiada luccicava sull'erba del prato, e le ombre erano folte sotto gli alberi giganteschi, e lo scricchiolare della sabbia sotto i suoi passi le sussurrava all'orecchio misteriose fantasticherie; spesso andava a leggere o a passeggiare sulla sponda del laghetto, nei viali remoti dei Campi Elisi, quando la luna si posava dolcemente sul lago e le accarezzava le mani bianche, o quando le finestre del salone stampavano nel buio del viale larghi quadrati di luce fredda, e la musica del salone faceva vagare arcane fantasie sotto le grandi ombre silenziose ed addormentate. Al di là di quelle ombre misteriose, dietro quei vetri scintillanti, il movimento della festa ammorzato, velato, acquistava una fusione di colori, di linee e di suoni, che lo rendeva affascinante, qualcosa fra il baccanale e la danza degli spiriti alati; allora respirando la vertigine, rimaneva lì, colla fronte sui vetri, con un formicolìo leggero alla radice dei capelli.

Una sera, tutt'a un tratto, la si vide comparire in mezzo al ballo come una visione affascinante, più pallida e più bella che mai, e con qualcosa che nessuno le aveva mai visto sulla bocca e negli occhi. La folla si apriva commossa dinanzi a lei; Erminia andò ad abbracciarla; uno sciame di eleganti giovinotti le fece ressa attorno per strapparle la promessa di un giro di valzer o di una contradanza; ella si fermò un istante con quel medesimo sorriso sulle labbra, e quegli occhi splendenti come le lucciole del viale, cercando intorno, e come scorse Polidori gli buttò il fazzoletto.

- Dio salvi la regina! - esclamò Polidori piegando un ginocchio.

- Ti rubo il tuo ballerino, sai, - disse Maria tutta festante alla sua Erminia. - Ho una voglia matta di fare un bel giro di valzer anche io -.

Polidori era uno di quei ballerini che le signore si disputano coi sorrisi e a colpi di ventaglio sulle dita - quando il sorriso ha fatto troppo effetto. Possedeva la forza e la grazia, lo slancio e la mollezza; nessuno sapeva rapirvi come lui verso le sfere spumanti d'ebbrezza color di rosa con un colpo di garetto, adagiandovi sul braccio destro come su di un cuscino di velluto. Dicevano che egli solo possedesse quell'intelligenza squisita dello Strauss, che vi fa perdere il fiato e la testa, e sapeva mettere nel braccio, nei muscoli, in tutta la persona, la foga, l'abbandono, l'estasi. - Non voglio che balliate più! - Non voglio che balliate con altre - gli disse Maria fermandosi anelante, colle guance rosse, cogli occhi un po' velati - e fu tutto per quella sera.

Ah! come era trionfante, e come il cuore le ballava dentro il petto, mentre quel cavaliere invidiato l'accompagnava fra la folla ammiratrice! e mentre si ravvolgeva stretta nella sciarpetta nera in mezzo al viale, dove i rumori della festa si dileguavano, e le fantasticherie sorgevano, vaghe, senza forma, ma assetate ancora! Pareva di essere in preda a un sogno delizioso, quando al valzer successe un notturno di Mendelson, un notturno che le passava anch'esso fra i capelli e sulla fronte, e fra le spalle, come una mano di velluto fresca e odorosa. A un tratto una figura nera si frappose dinanzi alla luce delle finestre che cadeva sul viale; il suo sogno le sorgeva improvviso dinanzi come un'ombra. Ella si alzò di soprassalto, sbigottita, in tumulto, balbettando qualche parola sconnessa che voleva dir no! no! no! e andò a ricovrarsi nel salone, rifugiandosi in mezzo al rumore e alla luce - la luce che le faceva socchiudere gli occhi abbarbagliati, e il rumore che la stordiva gradevolmente, la lasciava intontita e sorridente, un po' rigida e pensosa. Erminia l'accarezzava quasi fosse un ninnolo leggiadro; quelle signore dicevano ad una voce che era proprio carina, così accerchiata dai più eleganti cacciatori di avventure, colle spalle al muro, come una cerbiatta addossata alla roccia: si sarebbe detto che le tremolasse negli occhi la lagrima della sconfitta.

Polidori fu degli ultimi ad assalirla, da cacciatore che la sorte aveva destinato pel colpo di grazia; e sembrava mosso a pietà della vittima, giacché parlandole con un viso serissimo della pioggia e del bel tempo, si limitava a farle il suo briciolo di corte, domandandole con grande interesse di cose indifferentissime: se avesse fatto la sua gita in barca, se il giorno dopo sarebbe andata alla sua solita passeggiata mattutina verso i Campi Elisi. - Ella lo guardò negli occhi senza mai rispondere. Ei non insistette altro.

Erminia si era messa al piano, e tutti stavano intenti ad ascoltarla; Maria non aveva occhi che per lei, anche quando li fissava vagamente nelle fantasie dell'ignoto, perché era lei che le evocava quelle fantasie e l'affascinava con esse: la sala intera splendida e calda fremeva di armonia. Erano di quei fatali momenti in cui il cuore si dilata con violenza dentro il petto e soverchia la ragione.

Maria rabbrividiva dalla testa ai piedi, accasciata nella poltrona, colla fronte nella mano, e Polidori le sussurrava sul capo parole ardenti che le facevano fremere come cosa animata i ricci dei capelli sulla nuca bianca. La poveretta non vedeva più nulla, né la sala splendente, né la folla commossa, né gli occhi lucenti e penetranti di Erminia, e si abbandonò a quel che credeva il suo destino, senza forza, coll'occhio vitreo, come una morente.

- Sì! sì! - mormorò con un soffio.

Polidori si allontanò pian piano, per lasciarla rimettere, e andò a fumare la sua sigaretta nella sala del bigliardo.

La brezza del lago fece vacillare tutta notte le fiammelle dei candelabri posti sul caminetto di lei, che si guardava nello specchio per delle ore intere, senza vedersi, con occhi fissi, arsi dalla febbre.

Il signor Polidori passeggiava da un pezzo pel viale deserto in un'ora mattutina che gli ricordava un convegno di caccia; non si accorgeva del paesaggio incantevole per altra cosa che per sprofondarvi delle lunghe occhiate impazienti. Di tratto in tratto si fermava in ascolto, e rizzava il capo proprio come un levriere. Finalmente si udì un passo leggiero e timido di selvaggina elegante. Maria giungeva, e appena scorse Polidori, sebbene sapesse di trovarlo là, si arrestò all'improvviso, sgomenta, immobile come una statua. Il suo fine profilo arabo sembrava tagliare il velo fitto. Polidori, a capo scoperto, si inchinò profondamente, senza osare di toccarle la mano, né di rivolgerle una sola parola.

Ella, anelante, turbata, sentiva per istinto quanto fosse imbarazzante il silenzio: - Sono stanca! - mormorò con voce rotta. - L'emozione la soffocava.

Così dicendo seguitò ad inoltrarsi pel viale che saliva serpeggiando per la china del monte, ed ei le andava accanto, senza parlare, soggiogati entrambi da una forte commozione. Così giunsero ad una specie di monumento funerario. Maria si fermò ad un tratto appoggiando le spalle alla roccia e col viso fra le mani. Infine scoppiò in lagrime. Allora ei le prese le mani, e vi appoggiò lievemente le labbra, come uno schiavo. Allorché sentì finalmente che il tremito di quelle povere manine andava calmandosi, le disse piano, ma con un'intonazione ineffabile di tenerezza:

- Dunque vi faccio paura?

- Voi non mi disprezzate ora? - disse Maria. - Non è vero? -

Egli giunse le mani, in un'espressione ardente di passione ed esclamò:

- Io? Disprezzarvi io? -

Maria sollevò il viso disfatto e lo fissò con occhi sbarrati, e colle lagrime ancora sul viso mormorava confusamente parole insensate: - È la prima volta!... ve lo giuro! - Ve lo giuro, signore!...

- Oh! - esclamò Polidori con impeto. - Perché mi dite questo? a me che vi amo? che vi amo tanto! -

Quelle parole vibravano come cosa viva dentro di lei; un istante ella se le premé forte colle mani dentro il petto, chiudendo gli occhi; ma immediatamente le avvamparono in viso, come avessero compito in un lampo tutta la circolazione del suo sangue, e le avessero arso tutte le vene. - No! no! - ripeteva; - ho fatto male, ho fatto assai male! sono stata una stordita. Credetemi, signore! Non sono colpevole; sono stata una stordita; sono davvero una bimba, lo dicono tutti, lo dicono anche le mie amiche -. La poverina cercava di sorridere, guardando di qua e di là stralunata. - Ho bisogno che non mi disprezziate!

- Maria! - esclamò Polidori.

Ella trasalì, e si tirò indietro bruscamente, spaventata dall'udire il suo nome. Polidori chino dinanzi a lei, umile, tenero, innamorato, le diceva:

- Come siete bella! e come è bella la vita che ha di questi momenti! -

Maria si passava le mani sugli occhi e pei capelli, confusa, smarrita, e s'accasciava su di sé stessa, e ripeteva quasi macchinalmente: - Se sapete che affare grosso è stato l'attraversare il viale, quel viale che ho fatto tutti i giorni. Non avrei mai creduto che potesse essere così! Davvero! non credevo! - E sorrideva per farsi coraggio, senza osare di guardar lui, abbandonata contro il sasso che le faceva da spalliera, tirandosi i guanti sulle braccia, ancora leggermente convulse, e seguitava a chiacchierare a modo del fanciullo che canta di notte per le strade onde farsi coraggio. - Sono stata disgraziata! sì, confesso che sono un cervellino strano! Ho delle pazze tendenze per quel mondo che forse non è altro se non un sogno, un sogno di gente inferma, sia pure! alle volte mi pare di soffocare fra tanta ragione in cui viviamo; sento il bisogno d'aria, di andarla a respirare in alto, dove è più pura ed azzurra. Non è mia colpa se non mi persuado di esser matta, se non mi rassegno alla vita com'è, se non capisco gli interessi che preoccupano gli altri. No! non ci ho colpa. Ho fatto il possibile. Sono in ritardo di parecchi secoli. Avrei dovuto venire al mondo al tempo dei cavalieri erranti -. Il suo leggiadro sorriso aveva una melanconica dolcezza e s'abbandonava senz'accorgersene all'incanto che contribuiva a crearsi ella stessa.

- Beato voi che potete vivere a modo vostro!

- Io vorrei vivere ai vostri piedi.

- Tutta la vita? - domandò ella ridendo.

- Tutta la vita.

- Badate che vi manchereste, - gli rispose gaiamente. - Voi dovrete stancarvi spesso! - ripeté Maria con uno sguardo che cercava di rendere ardito e sicuro.

Polidori la trovava deliziosa nel suo imbarazzo - soltanto quell'imbarazzo si prolungava troppo.

Prima di venire a quell'appuntamento, nell'istante supremo di passar l'uscio, Maria aveva provato tutte le pungenti emozioni che danno la curiosità dell'ignoto, l'attrattiva del male, il fascino dello sgomento che le serpeggiava nelle vene con brividi arcani e irresistibili; con una confusione tale di sentimenti e di idee, di impulsi e di terrore, che l'avevano spinta a precipitarsi nell'ignoto suo malgrado, in una specie di sonnambulismo, senza sapere precisamente cosa andasse a fare. Se Polidori le avesse steso le braccia al primo vederla, probabilmente ella si sarebbe spaccata la testa contro la rupe alla quale adesso appoggiavasi mollemente, con abbandono. Ora, incoraggiata dal vedersi ai piedi quell'uomo contrastato e invidiato, sentiva una deliziosa sensazione al contatto di quel muschio vellutato che le accarezzava le spalle; come le parole che egli le diceva tenere e ferventi le accarezzavano dolcemente l'orecchio e se ne sentiva invadere mollemente, come da un delizioso languore. Egli era così gentile, così rispettoso e così buono! non osava toccarle la punta delle dita, e si contentava di sfiorarla dolcemente col soffio ardente di quella passione che lo teneva prostrato dinanzi a lei quasi dinanzi a un idolo. Tutto ciò era senza ombra di male, e carino, carino. A poco a poco Polidori le aveva preso la mano, ed ella senza accorgersene gliela aveva abbandonata. Anche lui era sinceramente e fortemente commosso in quel momento, e cercava gli occhi di lei con occhi assetati ed ebbri. Ella senza vederli ne sentiva la fiamma, non osava levare i suoi, e il riso le moriva sulle labbra; non aveva la forza di ritirare le mani ad ogni nuovo tentativo che faceva, quasi il suono di quelle parole le addormentasse vagamente in un sonno dolcissimo l'anima e la coscienza, la facesse entrare in un'estasi angosciosa; Polidori non poteva saziarsi di ammirarla in quell'atteggiamento, abbandonata su di se stessa, colle braccia inerti, la fronte china e il petto anelante, e infine esclamò con uno slancio di passione, stendendo le braccia convulse:

- Come siete bella, Maria, e come vi amo! -

Ella si rizzò di botto, seria e rigida, quasi sentisse dirselo per la prima volta.

- Voi lo sapete che vi amo tanto! da tanto tempo! - ripeteva lui.

Ella non rispondeva; curvando all'indietro tutta la persona, e a testa bassa, in atteggiamento sospettoso, colle sopracciglia aggrottate, agitando macchinalmente le mani, come se cercasse farsene schermo contro qualche cosa, colle labbra pallide e serrate. Ad un tratto, levando gli occhi sul viso sconvolto di lui, incontrando quegli occhi, mise un strido soffocato, e si arretrò sino all'ingresso di quella specie di monumento sepolcrale, bianca di terrore, difendendosi colle braccia stese da quella passione che l'atterriva ora che vedeva cosa fosse, guardandola in faccia per la prima volta, balbettando:

- Signore!... signore!... -

Egli ripeteva fuori di sé, supplichevole, in un'implorazione affascinante di delirio e d'amore:

- Maria! Maria!...

- No! - ripeteva costei smarrita, - no!...

Polidori si arrestò di botto, e si passò due o tre volte la mano sulla fronte e sugli occhi con un gesto disperato. Indi le disse con voce rauca:

- Voi non mi avete mai amato, Maria!

- No! no! lasciatemi andare! - ripeteva ella, quando Polidori s'era già allontanato. - Signore!... signore!...

Polidori subiva suo malgrado la forte commozione di quell'istante, ed era tutto tremante anch'esso come quella povera ingenua.

- Sentite, abbiamo fatto male! - ripeteva ella con voce convulsa. - Abbiamo fatto male... - e si sentiva venir meno.

In quel punto, all'improvviso, si udì rumore fra le piante e lo scalpiccìo di chi sopraveniva si arrestò poco lontano, come esitante.

- Maria! - esclamò una voce talmente alterata che nessuno di loro due la riconobbe: - Maria! -

Polidori, ridivenuto l'uomo di prima da un momento all'altro, prese vivamente Maria per un braccio e la spinse pel viale da dove era venuta la voce, e in un lampo scomparve fra gli andirivieni del sepolcreto. Maria arrivando nel viale, si trovò faccia a faccia con Erminia, pallida anch'essa, che cercava a fatica di dissimulare il suo turbamento, e voleva spiegarle qualche cosa, dandosi un'aria indifferente. Maria le piantò in viso certi occhi che avevano una strana espressione.

- Che vuoi? - le chiese soltanto, con voce sorda dopo alcuni istanti di un silenzio che sembrò eterno.

- Oh! Maria!... - rispose Erminia, buttandole le braccia al collo.

E fu tutto. Ritornarono indietro l'una al fianco dell'altra, senza aprire bocca e a capo chino. Come furono in vista dell'albergo, sentirono tutte e due a un tempo di dover assumere un contegno. - Lucia mi aveva detto ch'eri scesa in giardino, - disse Erminia, - e ciò mi ha fatto venire il desiderio di fare una passeggiata mattutina anch'io, col pretesto di venire in traccia di te.

- Grazie - rispose Maria semplicemente.

- Però comincia ad esser troppo tardi per passeggiare. Il sole è già caldo -.

Maria infatti aveva preso un colpo di sole che l'aveva abbacinata e stordita. Era rimasta come scossa e turbata in tutto il suo essere. Alle volte macchinalmente si stringeva le mani, come per riconoscersi, o per cercarvi qualche cosa, un'impronta del passato, e chiudeva gli occhi. Quando incontrava degli sguardi curiosi, e tutti le sembravano curiosi, oppure quelli della sua amica, avvampava in viso. Stava rincantucciata nel suo appartamento il più che poteva, e quindi molti credevano che fosse partita. La sola vista di Erminia le faceva corrugare la fronte, e dava un non so che di fosco a tutta la sua fisionomia. Però era abbastanza donna di mondo per sapere dissimulare sino a un certo punto i suoi sentimenti, quali essi fossero. Erminia, che non ne era illusa, provava un vero rammarico.

- Io son sempre la tua Erminia, sai! - le diceva ogni volta che poteva, scuotendole amorevolmente le mani. - Io son sempre la tua Erminia, quella di prima! quella di sempre! -

Maria sorrideva a fior di labbra, gentile e distratta.

- Hai torto, vedi! - ripeteva Erminia. - Ti inganni!... t'inganni, se credi che io non ti voglia più il bene di prima! -

Ella aveva infatti delle sollecitudini materne per la sua Maria, delle sollecitudini che sovente indispettivano costei, come se prendessero l'aspetto di una sorveglianza amorevole e discreta. Un giorno Erminia la sorprese mentre stava incominciando una lettera; e le domandò semplicemente se suo marito le avesse scritto; la domanda veniva così male a proposito, che Maria fu quasi per arrossire, come se fosse stata nel punto di dover rispondere una bugia.

- No! mio marito non mi guasta tanto. È troppo occupato.

- Sì, è troppo occupato! - affermò Erminia senza rilevare l'ironia della risposta, - è seriamente occupato. Affoga negli affari, poveretto!

- Che dici mai? se sono la sua passione, l'unica sua passione!

- Lo credi? - domandò Erminia, fissandole in faccia quei suoi occhioni acuti.

- Ma sì! - rispose Maria con un risolino che le contraeva gli angoli della bocca, e aggiunse ancora, come correttivo: - Non ho alcun motivo di esser gelosa però. Mio marito non giuoca, non va al caffè, non è cacciatore, non ama i cavalli, non legge che il listino della Borsa - nulla, ti dico!

- È vero; non ama che te! -

Maria inchinò il capo con un sorrisetto contraffatto; ma non aggiunse verbo per un pezzo, e poi, amaramente:

- Avete ragione, sono anche un'ingrata!

- No, non sei ingrata; sei una donnina viziata, una testolina guasta, che vede falso in molte cose e che non ci vede in certe altre. Il solo torto di tuo marito è di non averti aperto gli occhi sul gran bene che ti vuole.

- Fortunatamente che ha incaricato te di dirmelo.

- Sì, io che ti voglio bene, anch'io! bene davvero!... Vuoi che partiamo domattina?

- Oooh!

- Ti rincresce?

- No, mi sorprende soltanto la risoluzione improvvisa, così come si fa nelle commedie, per le ragazze che hanno abbozzato un romanzetto...

- Scusami; ti ho proposto di venire con me... Ma se vuoi restare...

- No, voglio venire anch'io. Solamente bisogna trovare un pretesto plausibile, per non far pensare al romanzo a tutti i curiosi che ci vedranno ordinare così in furia le nostre valige.

- Il motivo è bello e trovato, tanto più che è il motivo vero. Io vado ad incontrare mia suocera che arriva domani da Firenze, e tu naturalmente vieni con me, per non rimaner sola a Villa d'Este.

- Benissimo! E dacché dobbiamo partire, più presto sarà meglio sarà. Desidero andare col primo treno -.

Partirono infatti di buon mattino. A lei scoppiava il cuore passando dinanzi a quelle finestre chiuse, sulle quali l'ombra dei grandi alberi dormiva tuttora, uscendo da quel viale deserto, ove si era aggirata fantasticando tante volte.

Il lago, nella pace di quell'ora, aveva un incantesimo singolare, e ogni menomo particolare del paesaggio si animava, sembrava che fosse vissuto con lei, le si stampava nell'intimo del cuore profondamente. Appena fu nel vagone aprì il libro che aveva portato apposta, e vi nascose il viso e gli occhi pieni di lagrime. Erminia seppe non avvedersi di nulla, ed ebbe l'accortezza di lasciarle assaporare voluttuosamente il dolore del distacco.

Alla stazione trovarono la carrozza di Erminia, la quale volle accompagnare l'amica sino a casa.

- Rinaldi non è a Milano - le disse rispondendo al movimento di sorpresa che aveva fatto Maria non trovando nessuno ad aspettarla. - È andato a Roma.

- Senza scrivermelo! senza lasciarmi una parola! - mormorò Maria.

- Sì, ha scritto. La lettera deve averla mio marito -.

Ma subito s'interruppe, perché cominciava a spaventarsi dell'agitazione che si andava manifestando sul viso di Maria. - Infine, - le disse, - tosto o tardi devi saperlo. Rinaldi è corso a Roma per regolare degli affari... Sai.. quando si è lontani non vanno sempre come dovrebbero andare. Tuo marito era inquieto. Colla sua gita accomoderà tutto.

- Cos'è stato? - balbettava Maria, turbata maggiormente da quell'annunzio perché la sorprendeva in quel momento. - Cos'è avvenuto?

- Non ti spaventare; tuo marito sta bene. È accaduto che uno dei suoi debitori è fallito. Questione di denaro.

- Ah! - disse Maria respirando; e un'ombra d'ironia le tornò sul viso.

Suo marito sembrava che facesse apposta onde giustificare il sorrisetto amaro di lei. Era così preoccupato del suo affare che non aveva più testa per nessun'altra cosa al mondo. Passarono parecchi giorni senza che ei si facesse vivo altrimenti. Alla fine arrivò un telegramma che mise in grande costernazione il socio di lui, il quale partì subito per Roma.

- Oh! - esclamò allora Maria con quell'intonazione pungente che le era divenuta abituale da otto giorni. - Ma dev'essere proprio un affar serio! Del resto per mio marito sarà sempre un affar serio. Vuol dire che il mio posto in questa circostanza, sarebbe vicino a lui. Non me lo dice; ma si capisce che non me ne ha scritto nulla per delicatezza. E giacché il socio è andato a raggiungerlo, dovrei partire anch'io -.

Malgrado la leggerezza che ostentava, fu sorpresa, e rimase inquieta osservando che Erminia approvava il suo progetto. Per un istante un'idea nera le si affacciò alla mente e le scolorò il viso; ma subito dopo tornò a ridere nervosamente come prima.

- Se mio marito non mi avesse ben avvezzata a lasciarlo fare un po' a suo modo, ci sarebbe davvero di che spaventarsi.

- Spaventarsi di che? di fare un viaggio sino a Roma? nella bella stagione, e nel paese più bello?...

- Hai ragione; sarà quasi come andare in villeggiatura. Tanto, Roma o la Brianza è lo stesso. E tu non torni a Villa d'Este?

- No.

- Oh!...

- Accompagno mia suocera a Firenze.

- Che peccato!... parlo di Villa d'Este, perché ci dev'essere una brillante compagnia in questo momento. Sei proprio una brava figliuola, dovrebbe dirti tua suocera -.

La sera stessa partì per Roma; ma era in uno stato febbrile che non sapeva spiegarsi, e la sua inquietudine aumentava avvicinandosi al termine del suo viaggio che le parve eterno. Trovò suo marito tanto mutato in così breve tempo, che al primo vederlo ne fu quasi spaventata. Rinaldi le strinse le mani con effusione; ma sembrò più che sorpreso del suo arrivo improvviso. Egli era così sconvolto che non faceva altro che ripeterle: - Perché sei venuta? Perché venire?... -

- Non avevo mai visto mio marito così! - diceva Maria ad Erminia alcuni mesi dopo, la prima volta che la rivedeva dopo che era tornata a Milano. - Non credevo che la fisonomia di quell'uomo potesse destare tale impressione, né che egli sapesse dire di quelle parole, né che la sua voce avesse di quei suoni che vi sconvolgono l'anima da cima a fondo -. Non l'aveva mai visto così!

Anch'essa era molto mutata, la povera Maria! aveva una ruga impercettibile fra le sopracciglia, che solcava finamente il candore purissimo della sua fronte, e alle volte stendeva come un'ombra su tutta la sua fisonomia.

- Sì: sono stati giorni terribili, mi par di sentirmeli ancora dentro il petto, come un gruppo nero, come una fitta dolorosa che mi è quasi cara, tanto è profonda e radicata. Ormai hanno stampato in me un'orma così indelebile che non potrei scancellarla senza farmi male. Che momento, quando sorpresi mio marito colla pistola in pugno! che momento! E come ebbi la forza di avviticchiarmi a lui per impedirgli di morire - giacché egli voleva morire, me lo ha detto dopo. Non aveva il coraggio di dirmi che non poteva più comperarmi né cavalli, né palco alla Scala, né gioielli, nulla! e piangeva, come piangono certi uomini che non hanno pianto mai, con quelle lagrime che vi scavano un solco dentro all'anima. Quante cose mi son passate in un lampo per la testa in quel momento in cui sentivo contro il mio quel cuore che batteva ancora per me, e per me sola! e contro il quale nascondeva il viso che ardeva!... Tu sei stata assai gentile a venirmi a trovare ora che sono salita a un quarto piano. Tu sei stata molto gentile!

- Ma tu non lo sei gran fatto, cara Maria, facendomi di questi ringraziamenti. Vuol dire che non avevi una bella opinione di me!

- No! ma che vuoi? quando si son viste tutte le cose che ho viste!... e poi la disgrazia ha questo di peggio, che ci rende ingiusti... Figurati che quando era corsa la voce che io fossi vedova!... mi ha fatto un certo senso il vedere che a nessuno fosse venuto in mente che ero rimasta senza appoggio, laggiù a Roma... nessuno di quelli che dicevano di avere per me tanta amicizia! Ma non mi lagno, sai! Avevo torto verso di te poi, ti voglio sempre bene! -

Esitò alquanto e infine le buttò le braccia al collo con impeto.

- Perdonami! perdonami! Sono stata ingiusta contro di te, contro di tutti! Ho avuto ragione tante volte! -

Erminia le ricambiava la stretta, assai commossa anche lei, ma senza risponder verbo.

- Ero folle! - mormorò dopo un'altra esitazione, col viso contro il petto di Erminia. - Ora non ci penso più.

- Ed io non ci ho mai pensato, - disse alfine Erminia ridendo al suo solito, ma con grande sincerità di viso e di accento.

Maria rizzò il capo vivamente e le piantò in faccia due occhioni fiammeggianti: - Mai pensato? mai?

- Mai.

- Ma allora... allora non l'ho amato nemmen io! No! davvero? Mai! -

CPSIA information can be obtained
at www.ICGtesting.com
Printed in the USA
BVHW031415130722
642072BV00010B/266